徳間文庫

桜《おう》大《た》の不思議の森

香月日輪

徳間書店

目次

Contents

Outa's mysterious forest

Hinowa Kouzuki

ILLUSTRATION
小林 系
design : AFTERGLOW

四季うつり

Outa's
mysterious
forest

Hinowa Kouzuki

緑人間

すっかり日は暮れ、虫の音《ね》と蛙《かえる》の歌声が庭に響《ひび》いていた。仏間《ぶつま》の明かりがまあるく庭に落ちている。

村の家々の明かりがポツポツと灯《とも》っている。

山がシルエットとなって、黒々と佇《たたず》んでいる。

今日もいい天気で空気は乾いており、夜の庭は少し寒かった。桜大《おうた》は縁側に座って、むっしりと濃くなった緑の匂《にお》いをかいでいた。いつもの宵《よい》。

群青《ぐんじょう》の空をひらひらと舞う蝙蝠《こうもり》を見ていた時だった。

プチトマトと茄子《なす》の畑の向こう。ビニールハウスのわきの暗がりに、緑色に光るものがいた。

蛍光《けいこう》塗料《とりょう》のような、じわっとした緑色のそれは、人の姿をしていた。それには目も口もなく、輪郭《りんかく》が緑に光っている黒い人のようなもの。何をしているのか、ビニールハウスの横で立ったり座ったりしている。座るたびに生垣《いけがき》に隠れて見えなくなり、またすぐ現れる。

「おじぃ。あれ、なんかな？」

桜大の傍《かたわ》らで足の爪《つめ》を切っていたおじぃは、ひょいと顔を上げると、また爪を切りながら言った。

「あれか。あれは〝緑人間〟や」

「ふぅん!?」

何の説明にもなっていないが、とりあえず桜大は納得した。あれは「緑人間」なのだと。

「じいちゃん、桜大、飯《めし》やで」

お母《かあ》が呼びに来たので、桜大とおじぃは台所へ夕飯を食べに行った。

飯を終えて仏間へ戻ってきた時は、夜の畑に「緑人間」はいなかった。

緑したたる山々と森に、優しく抱《いだ》かれるようにして、黒沼村《くろぬまむら》はあった。

春は、村中が桜色に、夏は、山は新緑に、村の田んぼは苗《なえ》の緑に、秋は山々が燃えるような紅葉に、村は稲穂《いなほ》の黄金《おうごん》に、そして冬は、すべてが白く、白く染まる。

山と森を伝って流れ出る、透《す》き通った豊かな川が村の隅々まで潤《うるお》し、季節折々の祭りや行事を川面《かわも》に映してきた。

村の東にある大きな森。村人は、黒沼の森と呼ぶ。村の名称は、この森からきたのだろう。

懐《ふところ》の深い森だった。村人たちは、木の実や茸《きのこ》など、豊かな森の恵みの恩恵にあずかっていた。どんな大雨が降ろうと、黒沼の森と山々はびくともせず、川の水が濁《にご》ることもなかった。子どもたちの、いい遊び場だった。

しかし、黒沼の森は、その奥に「禁忌《きんき》の場所」も抱えていた。かつて、沼があったという場所。そこには、子どもはもちろん、大人でさえ立ち入らない。村人たちは、そこには「森の神様がおわす」と信じていた。その地を侵《おか》すと、神罰が下ると。実際、つい最近にも、そのような事件が起きたばかりだった。村人は、あらためて「神の存在」を痛感した。

とはいえ、その場所は森のよほど奥なので、うっかり立ち入ってしまうことはなかった。森の奥まで入る猟師《りょうし》や森林関係の仕事人などは、そこはプロなので、「行ってはいけない場所」のことは、よく心得ていた。

桜大は、今年中学へ上がったばかりの十三歳。この村で生まれ、育ってきた。都会から遠く離れ、情報も流行もほとんど届かない片田舎《かたいなか》だが、桜大はこの村が好きだった。自然が豊かなばかりでなく、そこにある神秘。神様が、確かに「生きてそこにいる」と感じる。それが、桜大はたまらなく好きだった。

小さい頃、身体《からだ》が弱かった桜大は、他の子どもたちと遊び回ることができなかった。その代わり、一人遊びの達人だった。黒沼の森は、桜大の一番の遊び場所だった。一人で森の中を歩き、花の香りを、緑の匂いを、梢《こずえ》を渡る風のささやきを身体中で感じる。桜大は、そうして何時間でも過ごすことができた。

そんな時、桜大はよく不思議なものを見聞きしたのだ。それは、形がはっきりしていたり、していなかったり、音だけだったり、気配だけだったりさまざまで、しかし、まるで空気のように自然に、そこに在《あ》った。桜大は、それも森の一部なのだろうと思っていた。それは、今も変わらない。小さい頃に比べれば、桜大が見聞きする不思議なものの数が減ったように思える。それでも、神秘は変わらずに桜大の傍《そば》に在るのだ。

五郎さん

土曜日だった。

学校からの帰り、小腹がすいた桜大は、福々堂《ふくふくどう》であんぱんと三角パック牛乳と魚肉ソーセージを買い、小川のほとりに座り込んだ。

さらさらと流れる水の中で、ゆらめく魚たちの背中が、太陽の光をキラリキラリと反射していた。川辺に咲き乱れる白や黄色の花の間で、蜂《はち》や蝶《ちょう》が行き交っている。川の向こうには、すくすくと育つ苗と野菜や果物たちの緑の絨毯《じゅうたん》が広がっている。山や森は、新芽の黄緑色に染まっていた。土と緑と水の匂いをかぎながら、桜大はあんぱんにかぶりつき、牛乳を飲んだ。

　さて、ソーセージを食べようとした時、背後にサクサクと、草を踏みしめる音がした。誰が来たのかと、桜大は振り向いた。

「お、五郎さんか」

　五郎さんは、雑種の雄犬《おす》だ。人間のような重い足音がするくらい、身体が大きい。ドイツ・シェパードの血が入っているらしい。一応、酒屋「曙《あけぼの》」の飼い犬だが、放し飼いなので、いつも村中を歩き回っている。そして、村中の雌犬《めす》の旦那《だんな》である。灰茶色の毛並み、大きな耳、大きな口で、顔は恐いがとても頭が良く、無駄吠《むだほ》えもしないし、小さな子どもが耳や尻尾《しっぽ》を引っ張っても怒ったりしない。悠然《ゆうぜん》と村を歩き回っては、あちらで休み、こちらでおやつを貰《もら》い、好きに過ごしている。

「今日も、村の見回りご苦労さんじゃな」

　と、声をかける桜大の横に、五郎さんは、のしっと座った。

「……ああ」

　ソーセージをくれと言っているんだなと、桜大は思った。こんな時、五郎さんは、おやつをくれとねだったりしない。素知らぬ振りをして、すましている。人がその存在感に負けて、おやつをあげてしまうことを知っているのだ。

「わかった。半分こじゃ」

桜大は、ソーセージを半分に割り、五郎さんの口許《くちもと》に差し出した。五郎さんは、太めの魚肉ソーセージをぱくりと咥《くわ》え、口を上にして、がふっ、がふっと食べると、満足そうに、大きな舌で口許を舐《な》めた。その様子を見ていた桜大が、

「うまいか？」

と、訊《たず》ねた。すると、

「うまい」

と、五郎さんが答えた。

「!?」

桜大が食べようとしていたソーセージの半分が、ボトッと地面に落ちた。五郎さんは、すかさずそれも咥え、がふがふと食べながら、悠然と歩いて行った。桜大はその姿を見送りながら、しばらく固まっていた。

この話を聞いた、桜大の六歳の弟、桃吾《とうご》は飛び上がった。

「ほんまか！　五郎さん、ほんまにしゃべったんか！」

「絶対しゃべった！　うまいって、はっきり言うた！　びっくりしたあ」

桜大がこう言うと、桃吾は丸い目玉をますますまんまるにし、風呂《ふろ》上がりの真っ赤な頬《ほお》を、ますます赤くした。

「ええなあ、オウちゃん、ええなあ！　わしも聞きたいなあ。五郎さんしゃべるの、わしも聞きたいなあ！」

「桃吾、バタバタしいな」

お母とおばぁが、夕飯をテーブルに運んできた。桜大がそれを手伝う。

お父《とう》とおじぃが、風呂から上がってきた。桃吾は、お父に突進した。

「お父ーっ！　五郎さんって、しゃべるんやて！　オウちゃんが聞いたんやて！　ソーセージうまいって言うたんやて!!」

お父にぴょんぴょんと飛びつきながら、桃吾はまくしたてた。

「もぉ～、あんたが変なこと吹っこむから」

桜大は、お母に苦い顔をされた。

「だってホンマやもん」

「犬がしゃべるらぁて、珍しくもねえ」お父が言った。

興奮する桃吾をなだめながら、お父が言った。

「モっさんとこの犬もしゃべるろうが」

お父がそう言うと、おじぃも頷《うなず》いた。

「ルーシーな。しゃべるな」

「ルシフィーやで、おじぃ」

「おお、そのルーシーもよ。ごはぁんって言うぞ。わしも聞いた」

桃吾を膝《ひざ》に乗せ、お父とおじぃはビールを注ぎ合う。

「そんなんと違う。五郎さんは、はっきり『うまい』って言うたんじゃ。人間みたいな声で」

「どうせ、聞き間違いやわ。『うあい』とか、『うおう』とか、吠えたんの聞き間違いやわ」

お母が、意地悪く笑う。桜大はムッとして、お母を睨《にら》んだ。

「もやし、うまーい！　五郎さんも、絶対うまーいって言う！」

笑った。

野菜炒《やさいいた》めで頬をぱんぱんに膨《ふく》らませて、桃吾が笑いながら言った。家族もつられて笑った。

大皿に盛られた豚肉と野菜の炒め物、煮魚、切っただけのトマト、家の鶏《とり》が今朝産んだ卵の卵焼き、そして豆腐と揚《あ》げの味噌汁《みそしる》。お父とおじぃは、中瓶《ちゅうびん》ビールを一本ずつ。おばぁは、焼酎《しょうちゅう》を小さなコップ一杯。夕飯の献立は、毎日ほとんど同じ。野菜の種類が変わったり、煮魚が焼き魚に変わったりする程度。しかし、家族で囲めば、なんでもうまい。小さい頃は食の細かった桜大も、今ではすっかり育ち盛りの男の子らしく、よく食べた。

「なあ、お母。ソーセージないん?」

桃吾に問われたお母は、しれっと返した。

「五郎さんにあげるソーセージは、ない」

「お母のケチ！　なあ、お父。お母って、ケチやな！」

「おお。でも、お母いうんは、どのお母もケチなもんやからな」

桃吾以外の皆が笑った。

「心配せんでも、子どものことやが、すぐ忘れるわ」

おばぁが笑いながらそう言うと、お母は小さく肩を竦《すく》めた。

そしておばぁの言う通り、「五郎さん、五郎さん」と言い続けていた桃吾だが、三日目には何も言わなくなった。忘れたのだろう。

それからしばらくたって、桃吾はおつかいの帰り道、五郎さんに遭《あ》った。五郎さんは、涼《すず》しい木陰で昼寝の最中だった。

桃吾は、卒然《そつぜん》と五郎さんがしゃべったということを思い出した。少し迷ったが、五郎さんにとことこ近づいて行く。ちょうどおつかい袋の中には、ソーセージが二本入っていた。

「なあなあ、五郎さん」

桃吾は、五郎さんのそばにしゃがんで話しかけた。五郎さんは知らんぷりだ。

「ソーセージあるで、食べんか?」

五郎さんは片目だけ開けて桃吾を見た。

差し出されたソーセージを二口で食うと、五郎さんはうまそうに舌なめずりした。

桃吾は、ここぞとばかり言った。

「うまいか?」

「うまい」とこたえる代わりに、五郎さんはごろんと仰向《あおむ》けに転がった。どうやら腹を撫《な》でろと言っているらしい。桃吾は、小さな手で五郎さんの腹やら背中やらを一生懸命撫でた。五郎さんは、それはそれは気持ち良さそうに、グゥと喉《のど》を鳴らした。

結局、桃吾は五郎さんに、全身マッサージをさせられただけで終わった。

帰りが遅くなったことと、ソーセージを二本とも五郎さんにやったことをお母に叱《しか》られた。

五郎さんは、今日も悠々と村を巡回している。


桜大の家は代々農家を営んできたが、桜大のお父は、村の役所に勤《つと》めている。もっと若い頃は、他所《よそ》の村や町に出向していた。その時にお母と知り合い、結婚した。お母は町の出だが、実家は農家だったので、桜大の家でおじぃとおばぁと農業をやることには、なんの問題もなかった。

桜大は、農業をやりたいと思っている。

黒沼村の緑が好きだ。土が好きだ。水が好きだ。そこに携《たずさ》わっていたかった。小さい頃からそう思っていた。

この村の神秘は、この豊かな自然が守っているのだと、桜大は感じていた。それを守りたいと思う。そこに関わる仕事がしたいと思う。


梅雨《つゆ》が明けると、村はいっぺんに夏色に染まる。空は黒いぐらいに青く、むくむくとした入道雲の白さが目に痛い。気温は高いが、山々を、森を、田畑を駆け抜けてくる風はさわやかだった。蟬《せみ》たちの大合唱が聞こえる。

煌《きら》めく陽射《ひざ》しの下で、小学生たちが「かいぼり」をしていた。かいぼりは、石で川を堰《せ》き止めて、そこに閉じ込められた魚や蟹《かに》を捕る遊びだ。体力がいるので、桜大は小さい頃、参加できずによく見学をしていた。そんな時、年長の友だちが、決まって一番大きな蟹などを譲《ゆず》ってくれたものだった。

今も昔も、かいぼりは黒沼村の子どもたちの楽しい遊びの一つ。川遊びは、他にもたくさんある。年長組は、もっと上流で釣《つ》りをしたり、淵《ふち》に沈めたジュースを潜《もぐ》って取る「潜りっこ」などをする。今では、桜大もこれらに参加できるようになった。それが嬉《うれ》しい。そして、そんな遊びの最中にも、桜大は不思議に遭遇《そうぐう》することがあった。淵の青い水底で、透明な大蛇《だいじゃ》が上流へとのぼってゆくのを見た。それは尻尾の方だったが、それでも、桜大が抱えきれないほどの太さがあり、先ははるか上流の方へ伸びていて見えなかった。青い水に透ける透明な身体に、銀色の鱗《うろこ》が所々でキラキラと光っていた。美しかった。

桜大の息が続かないのと、大蛇がすぐに泳ぎ去ってしまったのとで、その存在をはっきりと確認したとは言えない。しかし、桜大は信じている。あれは、川か山の主《ぬし》なのだろうと。

川から上がり、太陽に温められた岩の上で、それぞれが握ってきた歪《いびつ》な握り飯を皆で食べる。喉が渇けば、川の水を飲む。

「採《と》ってきたぞー！」

二、三人でその辺《あた》りを探すと、木苺《きいちご》などがどっさり採れた。これをデザートにしながら、しゃべり、笑う。夏の午後。

そんな子どもたちの目の前を、シャボン玉が五、六個連《つら》なったようなモノが、ふわりふわりと風に逆らって飛んでいた。皆は、「おー」と言いながら見送る。誰も、特に驚いたり、手を出したりする者はいない。こんな時、不思議を見ながら「そういえばこの間、変なことがあった」と、不思議について話したりするものの、それが飛び去ったら、また何事もなかったように川遊びが再開される。

黒沼村の子どもたちは、多かれ少なかれ、不思議を見聞きしていた。子どもたちにとっては、それは当たり前の存在だった。黒沼村が、このまま永遠に変わらなければいいのにと思う桜大だった。

顔がない

子どもの数がそう多くない黒沼村では、子どもたちは、皆仲がいい。年長の子どもたちが、年下の子どもたちの面倒をみることがよくある。かいぼりや鬼《おに》ごっこ、かくれんぼなどをして、小さな子どもたちを遊ばせてやるのだ。農繁期《のうはんき》で大人たちが忙《いそが》しい時期は特に。

　子どもたちはこうして、年長組に遊んでもらいながら成長し、やがて「年長組だけの遊び」にステップアップしていく。

　一日中遊び呆《ほう》けての帰り道、ぞろぞろ連《つら》なって歩いていると、よく呼び止められる。

「西瓜《すいか》が冷えとるで。みんなで食ってけや」

　こんな時、人数分に分けられたおやつが、ひとつ足りないことがある。

「おンや、いっこ足りねぇな?」

　大人が首をかしげると、子どもらは顔を見合わせる。そういえば、見知らぬ顔が一人いたような気がすると。

　川遊びをしている時、神社の境内《けいだい》でかくれんぼをしている時、小学校の校庭で鬼ごっこをしている時。みんなでワイワイと遊んでいると、一人か二人、後から顔が思い出せない子がいたりする。

　かくれんぼの鬼役の子に見つかって、その顔をその時はっきり見たのに、後からあれは誰だったのかと、顔がどうしても思い出せない。

「狸《たぬき》がまじっとったんじゃ」

年長の子がそう言い、皆が笑う。

別に人でないものが混じっていてもかまわない。自分たちと遊びたいのなら、いっしょに遊ぼうと、桜大も桃吾もそう思う。

しかし、こういうこともある。

桃吾は、神社の境内で十人ぐらいで鬼ごっこをしていた。

陽射しが強く、まぶしい光の中、地面に落ちる影が墨《すみ》のように黒かった。

鬼役の子が、桃吾を追いかけていた。

「待てー！」

「待たーん！」

桃吾は、楽しくて笑いながら走った。

ふと、その時——、走っている自分の姿が、どこか上の方から見えた。そういうイメージが、頭の中にぽんと浮かんだのだ。

「あれ？」

時間が止まっているように感じた。

イメージの中で、強烈な太陽光線に照らされた桃吾の影が、真っ黒に伸びていた。

だがそれよりも黒かったのが、鬼役の子だった。

全身が真っ黒だった。まるで、影そのもののようだった。そしてその子の足元には、影はなかった。

「ハッ!?」

として桃吾が振り向くと、そこに鬼役の子はいなかった。

向こうの方で、ユウヤがみんなを追いかけていた。鬼役はユウヤだったのだ。

「あの黒い子に捕まったら、どうなったんやろう?」

桃吾に問われた桜大は、優しく、さり気なく答えた。

「わからんなぁ」

桃吾は「ふうん」と言い、それ以上気にしなかった。

桜大も、それ以上気にしなかった。黒沼の森に在る神秘は、ただ不思議で美しいものだけではないことは、桜大もわかっていた。そんなことは当たり前だと。

「黒い子」は、美しいものの向こうにあるモノが、ほんの少し染《し》み出てきただけ。

それでも、こんなことはめったに起こらない。

たまに、である。

夏は、不思議の気配も濃くなった。なぜかはわからない。生き物の、大地の生命力が濃いからなのかも知れない。山や森の緑、野菜たちもぐんぐん枝葉を伸ばし、色を深くし、空、大地、水の中の生き物たちも身体を大きくし、どの命も輝いている。

こんな時、黒沼の森に入ると、桜大はいつもよりさまざまな不思議を見聞きした。飛ぶモノ、這《は》うモノ、音だけが通り過ぎていくモノ……。それらには、特別「意思」があるようには見えない。桜大は、それらは人の世界でいうと、虫や爬虫類《はちゅうるい》みたいな存在のように感じていた。もちろん、不思議の中には、意思を持っているモノもあるのだが。

転がってきた

夏が盛《さか》りを迎えようとしている頃。

ある日、桜大はいつものように黒沼の森に入り、ぶらぶらしていた。

夏の強い陽射しは森の緑に濾過《ろか》され、木漏《こも》れ日は優しく木々の間に射し込み、景色をエメラルドグリーンに染めていた。木々も緑も活《い》き活きとしていて、桜大は、深呼吸するだけで元気になる気がした。鳥たちのさえずりが、あちこちで響いている。蟬《せみ》はガシガシと鳴き、咲き乱れる花の上に群れる蜂《はち》の、うなるような羽音が聞こえた。蝶《ちょう》や蜻蛉《とんぼ》が、目の前を盛んに横切った。

森の山側の辺りで、桜大はヤマモモの木を何本も見つけた。そこには、真っ赤な可《か》愛《わい》い実がみっしりとなって、枝をしならせていた。

「お――っ！　うまそう!!」

思わず声が出る。

一つ食べてみると、甘さと酸味《さんみ》が舌をとろかせた。町育ちのお母は、ヤマモモは味がはっきりしないから好きじゃないと言うが、黒沼村の山や森に自生するヤマモモは、とても甘いと桜大は思う。

桜大は、着ていたTシャツを脱いで裾《すそ》をくって袋状にすると、そこに入るだけヤマモモを放り込んだ。

「今日の夕飯のデザートじゃ。残りはお母に、ジャムにしてもらおっと」

抱えたヤマモモを食べ、種を吐《は》きだしながら帰る。

すると、斜面の方から、なにやらパキパキ、ガサガサと音が聞こえてきた。何かが近づいてくるような音だった。

(森林組合の人?)

と思ったが、それにしては音が連続している。人の歩く音ではなく、車が進むような音だ。桜大は立ち止まって、音のする方を見た。柴《しば》を割り、草木をかき分ける音はますます近づいてきた。

そして、斜面から、ソレはゆっくりと現れた。

大きな、丸いモノだった。

高さ、二メートルはあるだろうか。全体が、焦《こ》げ茶色の毛に覆《おお》われていた。それが、ゆっくりと転がってきたのだ。生き物かどうかはわからない。目も口もない。手足もない。

「…………」

桜大は、ゆっくり、ゆっくり転がってくるソレを、ぽかんと見ていた。もしかして、後ろから誰かが転がしているのではないかと思ったが、桜大の目の前、三メートルほどのところに、ソレは独りでに転がってきた。

その時、桜大の前で、ソレは一瞬だけ止まった。

その様子が、「あっ……」という感じだったのだ。

丸いモノは、「あっ」という感じで桜大を見て（丸いモノに目はないが、桜大はそう感じた）、一人と一つは、一、二秒、見つめ合った。

それから、丸いモノは、またゆっくりと森を進んでいった。パキパキ、ガサガサという音が木立の間を遠ざかってゆく。桜大はその音を聞きながら、

「ぷっ」

と、小さく吹いた。

「見られると思ってなかったんやな」

姿を見られて、バツが悪そうに固まった様子が可笑《おか》しくて、桜大はその場でひとしきり笑った。声を押し殺して。

声を殺して笑うのは苦しかったが、大声で笑ったら丸いモノに悪いと、桜大は思った。


桜大たちの、夏の最大のイベントといえば、夏祭りだ。

夏祭りは、お盆《ぼん》の三日間行われる。香山寺《こうざんじ》の参道に屋台が出て、境内には櫓《やぐら》が組まれ、十五日には盆踊《ぼんおど》りがある。

八月十三日、午前中に家族皆で墓参りに行く。墓石を洗うのは、桜大と桃吾の仕事。花を活《い》け、握り飯と饅頭《まんじゅう》と、水と酒が供《そな》えられる。おばぁがお経《きょう》をあげた後、握り飯はその日の家族の昼飯になり、饅頭は、すぐに桜大と桃吾に貰えた。二人は、これが楽しみだった。

　桜大と桃吾は、もうこの時間から、そわそわと落ち着かない。寺の境内では、夜から始まる祭りに向けて準備が進んでいるからだ。境内には櫓の足場が組まれ、青年団の兄《あに》ィや自治会のおっちゃんらが、まめまめしく動き回っている。桜大のお父も、昼から祭りの運営陣に参加する。

　寺の駐車場はトラックで満杯で、参道には、これから組み立てられる屋台がズラリと並んでいる。桜大も桃吾も、それを見るだけでわくわくした。毎年やって来るテキ屋の中には顔馴染《かおなじ》みもできて、子どもたちと挨拶《あいさつ》を交わし合ったりした。

「おっちゃん、今年も荒稼《あらかせ》ぎに来たんか！」

「荒稼ぎ言うなや。人聞きの悪い」

「おっちゃんとこの型抜き、ぜんぜん抜かれんやん」

「そりゃ、お前の腕が悪いんじゃで」

　盆祭りの屋台は、十三日の夜から出る。初日は、やや数が少なく、十四日から増えてくる。射的《しゃてき》、飴細工《あめざいく》、型抜き、金魚すくい、ヨーヨー釣《つ》り、おもちゃ、かき氷など、子どもたちが楽しみにしている屋台の他、陶器《とうき》や古道具、薬などの店も出る。靴《くつ》や鍋《なべ》などの修理屋もやって来る。

子どもたちの楽しみは、屋台や踊《おど》りだけではなかった。

祭りに携《たずさ》わる大人たちの様子を見るのも、子どもたちは好きだった。

青年団や自治会の面々は、いつもなら酒屋の兄ィや豆腐屋《とうふや》のおっちゃんだ。その顔とは別の一面を、こういう時は垣間《かいま》見ることができる。

櫓を組んだり、祭り太鼓《だいこ》を叩《たた》いたり、運営陣内にどっかり座り込んで煙草《たばこ》を吹かしていたり、テキ屋らと挨拶を交わしていたり、なんだか格好《かっこう》いい。また、酒に酔っ払って喧嘩《けんか》をしたり、変な唄《うた》を歌ったり、変な踊りを踊ったりするのは面白い。子どもたちは、自分も早く大人になって青年団や自治会に入り、格好良く振る舞ったり、酒を呑《の》んでくだを巻いたりしたいと思うのだった。

祭りの日は、桜大は、お父とおじぃから特別に小遣《こづか》いを貰える。桜大はさらに、それに足すために、毎月の小遣いから少しずつ積み立てをしている。桜大は小さい頃、この時期によく体調を崩したため、祭りには滅多に行けなかった。丈夫になった今、友だちと祭りに行くことが嬉しくて仕方ない。軍資金を持って、いざ宴《うたげ》へ。

ぬいぐるみ

八月十四日。午前十時を過ぎると、香山寺には祭り太鼓が響く。今日、明日は、午前中から屋台が営業するとあって、子どもたちは、一日中寺の周辺をうろちょろする。桜大も、朝友だちらと祭りへ行き、昼過ぎに家へ戻って、桃吾を連れてまた祭りへ行き、桃吾を家へ連れ帰って、また祭りへ行くと、寺と家を何度も往復するのだった。

今年の桜大には、欲しいものがあった。ブリキ製の貯金箱だった。長方形の箱形で、所定の場所に硬貨を置くと、箱の中から骸骨《がいこつ》の手が出てきて、硬貨をシュッと箱の中へ引き落とす。去年の鎮守《ちんじゅ》様の祭りで、おもちゃ屋の台の上にあるのを見て気になっていたのだが、祭りが終わった後から、欲しくなってきた。だから、この盆祭りにおもちゃ屋が来て、骸骨貯金箱があったら必ず買おうと決めていたのだ。

おもちゃ屋の屋台は、盆祭りと鎮守様の秋祭りにしか出ない。桜大は去年から、貯金箱を買うために積み立てをしていた。黒沼村には、おもちゃ屋はない。だから、おもちゃ屋が来るのを、村の子どもたちは楽しみにしている。そこには、飛行機や車のプラモデルや、アニメのヒーローや怪獣の人形、モデルガンなどが並び、男の子の目をキラキラさせた。もちろん、可愛いお人形さんやぬいぐるみ、ままごとセットなどもあり、女の子たちの目もキラキラになる。だが、やはり値段が少しお高い。子どもたちは、ここぞとばかり親にねだりまくるか、桜大のように小遣いをため、えいやっという勢いで買うしかなかった。

今年、桜大の狙《ねら》っていた骸骨の貯金箱は、果たしてあった。値段は、去年と変わらない。

「おいちゃん、これ！」

桜大は、貯金箱を大事《だいじ》そうに抱《かか》えて言った。

「桜大、何やそれ？　骸骨の手？」

「貯金箱？　貯金すんの？」

「十円専用の貯金箱にするんじゃ」

と、桜大が言うと、友だちは驚いた。

「そんなん、いつまでたっても貯《た》まらんで！」

　桜大たちが、わいわい言っているおもちゃ屋の前へ、一つ下のマチコが、お父と一緒にやって来た。マチコは、おもちゃ屋の前で立ち止まった。それまで笑顔だったのだが、急に無表情になり、おもちゃ屋を見つめた。

「どうした、マチコ？」

　マチコのお父が声をかけ、桜大らもマチコに気づいた。

「おう、マチコ」

「おう」

　マチコのお父が、桜大に声をかけた。

「何か買《こ》うたんか、桜大」

「おっちゃん、桜大な、貯金箱買うたんや」

「骸骨の手が、お金を持って行くんやて！」

「十円専用の貯金箱にするんやて！」

「貯金するんか、桜大。えらいなぁ。十円玉専用なぁ」

「貯まるのに、百年ぐらいかかるわ！」

皆、笑った。

だが、桜大は、マチコが笑わず、おもちゃ屋の台の上を一心に見ているのが気になった。その視線の先には、茶色をした犬のぬいぐるみがあった。

（あ……）

マチコは、春の終わりに愛犬を亡《な》くしていたのだ。茶色い、やや小型の雑種。小学六年のマチコが抱《だ》っこできる大きさだった。コロといった。マチコが子犬から面倒を見続けた子だった。病死だった。

マチコの嘆きは大変なもので、学校もたびたび休んだ。家族も友だちも、皆懸命《けんめい》になぐさめた。ようやく、元気になってきたところだった。

（コロのことを、思い出してしもうたんや）

桜大は、マチコの目が哀《かな》しげなので、心配になった。マチコのお父も、それに気づいた。

「マチコ……」

お父は声をかけ、マチコの手を握る。お父の手を、マチコは強く握り返した。

「お父ちゃん、言うたよな。マチコがそんなに悲しんでばっかりやったら、コロも心配で大変やぞって。その時は、お父ちゃんの言う通りや思た。コロを心配させたらあかんって。元気になろうって。そしたら、元気が出てきた……」

ぬいぐるみを見つめるマチコの目から、涙が溢《あふ》れてきた。

「でも、やっぱり寂《さび》しいよ、お父ちゃん。コロは、もうどこにもおらん。寂しいよ。コロに会いたいよ。会いたい……」

マチコは、ぽろぽろと涙をこぼし、静かに泣いた。その様子は、大声で泣かれるよりもいっそう悲しげで、桜大たちは立ちすくんでしまった。

「嬢《じょう》ちゃん、これ、持ってくか？」

おもちゃ屋の親爺《おやじ》が、犬のぬいぐるみを差し出した。

「や、そんな。金払うで。いくらな？」

と、マチコのお父は言ったが、親爺は煙管《きせる》を吹かしながら首を振った。

「嬢ちゃんなら、大事にしてくれるやろうからな」

マチコも、マチコのお父も、少し戸惑《とまど》った。

桜大が、一歩歩み出て、親爺からぬいぐるみを受け取った。それを、マチコに手渡す。

マチコは、ぬいぐるみをじっと見つめていたが、やがて胸に抱いた。コロよりは小さい。もちろん、重さもない。けれど、ふわふわの毛は気持ちよかった。マチコは頬ずりした。愛《いと》しそうに。心から、愛しそうに。そしてポツリと「ありがとぉ」と、呟《つぶや》いた。その場にいた全員が、ほっとした。

「親爺っさん、すまんの」

マチコのお父が、頭を下げる。桜大たちも、口々に褒《ほ》めた。

「おっちゃん、優しいなあ」

「なあ。顔に似合わんとなあ」

「顔に似合わんは、余計じゃ」

ハゲ頭に口髭《くちひげ》、煙管を持つ腕には入れ墨《ずみ》の親爺は、豪快に笑った。

その翌日だった。

八月十五日は、灯籠流《とうろうなが》しが行われる。黒沼村で一番大きな川、大沼川《おおぬまがわ》で、亡き人々の名前を書いた灯籠を乗せた紙の船を流すのである。人々は、お盆の三日間、実家へ帰ってきていた先祖を再び浄土《じょうど》へと見送る。

灯籠流しは、太陽が傾き始めた頃から始まる。空が青みを増し、太陽の光が糖蜜《とうみつ》色に変わると、大沼川の広い河原に、三々五々、村人が集まってくる。お盆の間仏壇にあった供物《くもつ》や花も持ち寄られ、まとめて焼かれる。子どもたちは、この火で花火をする。「送り火」である。

太陽がいよいよ傾き、河原が薄闇《うすやみ》に包まれると、そこに灯籠の明かりが美しく浮かび上がる。人出も増してきた。

桜大と桃吾も、親戚《しんせき》や家族と河原にやって来た。手には、屋台で買った花火を持っている。ここで花火をやってから、盆踊りに行くのだ。十五日は、まったく忙しい。

マチコも、家族と来ていた。腕にしっかりと、貰ったぬいぐるみを抱いていた。笑顔だった。それを見て、桜大も笑顔になった。

ところが、桜大らがご先祖様を見送った頃だった。

桜大は後ろから、マチコに声をかけられた。

「オウちゃん、ぬいぐるみのコロを知らん？」

マチコは、泣きそうな顔をしていた。

「え？　お前、抱いとったろうが？」

マチコは、頷《うなず》きながら答えた。

「ご先祖様に手を合わせる時に、離《はな》したんや。でも、ちゃんとあたしの横に置いたんやで。離したのも、一瞬《いっしゅん》やで。でも、なくなったんや」

その一瞬に、誰かが持ち去ったのだろうか？　確かに、今の河原は人が多い。でも、マチコに気づかれずに、そんなことができるのか？

「探して！　お願い。コロを探して……！」

マチコは涙をこらえながら、桜大のシャツの裾《すそ》を握りしめた。

「わかった。探す」

桜大は、マチコの家族と手分けして、ぬいぐるみを探した。誰かが持っていないか、また、どこかへ転がっていないか。しかし、夕闇が刻々《こっこく》と増している。コロを見つけるのは、いかにも難しかった。桜大は、どうしていいかわからなかった。

目をこらしつつ、河原をウロウロしていた桜大だが、その耳に、「クゥン……」と、微《かす》かな声が聞こえた。桜大は、思わず立ち止まった。その声は、桜大の耳のすぐそばで聞こえたからだ。

桜大には、それが何を意味するのかがわかった。

これは、「不思議」だ。いつも、黒沼の森で見聞きするものだ。

だから、精神を集中して、耳をそばだててみた。すると、また「クゥン」と聞こえた。

（犬の鳴き声や。でも、こんな小さな声が、こんな近くで聞こえるはずない。どこな？　ほんまは、どこから聞こえるんな？）

精神を集中したまま、桜大は辺りを見回す。

河原にぼうぼうと茂っている草むらに目を向けた時、今度ははっきりと、桜大の耳に「クゥン」と聞こえた。

（そこ……？）

桜大は、草むらの中へ分け入った。

「あっ……」

そこに、ぬいぐるみのコロがいた。

横向きに倒れたコロの身体にすがるようにして、二匹の子犬が眠っていた。子犬は、生後一カ月ぐらい。やや痩《や》せて、弱っているように見える。

「そうやったんか……」

桜大は、すべてを悟《さと》った。母犬は、もういないのだ。滅多《めった》なことでは子犬を見捨てていかないから、きっと何かがあって、どこかで死んでしまったのだろう。

桜大は、そこからそっと離れると、今度はマチコを探しに行った。マチコとお父がすぐに見つかり、二人をコロのもとへ案内する。

ぬいぐるみのコロと二匹の子犬を見たマチコのお父は、盛大に首を傾《かし》げた。

「誰かが、子犬のためにぬいぐるみを盗《と》っていったんかの？」

しかし、マチコは首を振った。

「コロやよ、お父ちゃん。コロが、ここへあたしを連れてきたんやよ。なぁ、オウちゃん、そう思わん？　この子たちを助けてって。コロが、ぬいぐるみのコロに乗り移って、ここへ連れてきたんや。きっとそうや」

桜大が頷くと、マチコは微笑《ほほえ》み返した。

マチコは、ぬいぐるみのコロを優しく撫でてから、二匹の子犬を抱き上げた。子犬は弱っており、マチコの腕の中で小さく震《ふる》えた。

「まかして、コロ。この子らは、あたしが育てるから。安心して」

「マチコ……」

マチコのお父は、何がなんだかわからない。そのお父の方を振り向いて、マチコは言った。

「お父ちゃん、この子ら飼《か》ってええ？　ううん、飼うよ。もう、決めたから」

きっぱりとそう告げるマチコの表情は、見違えるように大人びていた。お父は、何も言えなかった。

「さあ、この子ら、安藤《あんどう》先生に診《み》てもらわな！　あ、お父ちゃん、コロを持ってきて」

それから、マチコは桜大の前に立った。

「オウちゃん、ありがとお。オウちゃんには、コロの心がわかったんやね」

不思議な犬の声が聞こえたことは知らないはずのマチコにそう言われ、桜大はどきりとした。マチコはそれ以上何も問わず、何も言わず、笑顔で歩いて行った。まるで何もかも知っているかのように。

二匹の子犬は無事命を取りとめ、マチコの家ですくすくと育っている。その寝床《ねどこ》には、ぬいぐるみのコロが横たわっている。

桜大のお父は、黒沼村で生まれ育ってきた。子どもの頃は、いろんな不思議を見聞きしたはずだが、高校と大学時代を町で過ごし、村に帰ってきてからは、不思議のことは口にしなくなったという。町育ちのお母も、あまり信心深い方ではない。

一方、おじぃとおばぁは、今でも不思議を信じているし、見聞きしている。おばぁ曰《いわ》く、

「子どもの頃に比べれば、わしももうほとんど何も見えんけど、桜大や桃吾が何かを見ていることはわかっとるよ」

そうして、おばぁは優しく笑う。その向こうで、おじぃが黙《だま》って新聞を読んでいる。

月がとっても青いから

「桜大、おじいちゃんを迎えに行って。今頃酔《よ》っ払《ぱら》っとるわ、きっと」と、桜大はお母に頼まれた。おじぃは、ハヤトのおじぃの家に将棋《しょうぎ》を指《さ》しに行っていた。

桃吾がついて行くと言い出したので、桜大は桃吾の手を引いて出かけた。なだらかな山々の向こうに、夕陽がゆっくりと沈んでゆく。燃えるようなその色に、村中が紅《くれない》色に染め上げられている。蜩《ひぐらし》の、優しげで、どこか寂しげな声に送られて、森に帰る小鳥の群れが、赤い空を横切っていった。

お盆が過ぎて、とたんに村は秋めいてきた。そろそろ実を結ぼうとしている稲の海が、風に波打っている。赤色をした蜻蛉《とんぼ》が、たくさん飛び交っている。その間を、桜大と桃吾は、アニメの主題歌を歌いながら歩いた。歩きながら人差し指を立てた腕を伸ばすと、すぐに蜻蛉が止まりに来た。

夕陽が山の向こうへ姿を消した頃。ハヤトの家に着くと、おじぃ同士が酒盛りの真っ最中だった。

「ついでにお前らも、メシ食ってけや」

ハヤトのお母に言われて、桜大と桃吾はハヤトの家族といっしょに夕飯を食べた。

ハヤトの家の夕飯も、ソーセージと卵の炒《いた》め物、じゃこてん、豆腐の味噌汁と、桜大の家とさほど変わらなかったが、うまかった。また、ハヤトのお母が作る「茗荷味噌《みょうがみそ》」が絶品で、これを付けると、桃吾は嫌いなきゅうりでも食べられた。白飯の上に載せると、何杯でもおかわりできそうだった。さらに、おじぃらの酒盛り用に、鱸《すずき》の刺身があったので、刺身は久しぶりの桜大と桃吾は嬉しかった。夕飯のあとは、ハヤトとめんこをして遊んだ。

桜大らがハヤトの家を暇乞《いとまご》いしたのは、夜もすっかり更《ふ》けてからだった。

ハヤトの家から桜大の家まで、満天の星空の下、丘ひとつ越えてゆく。

森から畑から田んぼからたちのぼる、緑と水と土の匂いと、虫と蛙《かえる》の鳴き声が身体を包み込む。冷めやらぬ昼間の熱気が、木陰や花の間にひそんでいる。だが夜の闇には、もうねっとりとからみつくような密度はなく、空に浮かぶ月の輪郭《りんかく》もクッキリとしていた。

「もう、秋やの」

酒が入ってよほど御機嫌《ごきげん》なのか、おじぃは得意の詩吟《しぎん》を唸《うな》りはじめた。

道の向こうまで見渡せるほど煌々《こうこう》とした月明かりのもと、おじぃはふらりふらりと気持ちよさげに漂《ただよ》った。桜大と桃吾はそのおじぃに手を引かれ、同じようにふらふらと歩いた。

その時、ふと夜空を見上げた桜大は、仰天《ぎょうてん》した。

「おじぃ！　お、お月さんが二つある!!」

桜大が指差した濃紺《のうこん》の空に、半月が二つ並んでいた。

桃吾とおじぃはポカンとしたが、おじぃはすぐに大笑いした。

「道理で、やけに明るいと思うたわ」

「お月さんが二つあるで！　なんでじゃ？　なんでじゃ？」

桃吾は、桜大とおじぃを交互に見た。桜大は頭を振ったが、

「し――！　桃吾、静かにせぇ」

と、おじぃは腰をかがめて桃吾にささやいた。

「どっちかのお月さんはニセモノじゃ」

「ニセモノ⁉」

桜大も桃吾も声をひそめる。おじぃは、うんと頷《うなず》いた。

「こりゃあな、狸《たぬき》か狐《きつね》の仕業《しわざ》ぞ。わしらを化《ば》かそうとしとるんで」

桜大は、なるほどと思ったが、桃吾は目玉をまんまるにして怯《おび》えた。

「ホ、ホンマか⁉ わしら化かされるんか？ どうしよう、おじぃ！」

桃吾の頭の短い毛を、おじぃはゴツゴツの手でかき回した。

「まぁまぁ。ここは、おじぃに任《まか》せえ」

おじぃは、にた～りと笑った。

それから、コホンと一つ咳払《せきばら》い。

次に息を大きく吸い込むと、並んだ二つの月に向かって、おじぃは大声で吠《ほ》えた。

「ゥワンワンワンワンワンワン‼」

それは、本物の犬の鳴き声そっくりだった。

パチッ‼ ――と、電気を消したように、目の前が真っ暗になった。

一瞬静まり返った闇の中に、虫の音と蛙の合唱がゆるゆると戻ってくる。

「……そーいやぁ、今夜は新月《しんげつ》だったわぃ」

月は、二つともニセモノだった。


秋が深まり、木々が色づき、村を染める。

今年も桜大は、お父とおじぃと栗拾《くりひろ》いに行った。今年は、桃吾も一緒《いっしょ》だ。

おじぃに先導されて山へ分け入ると、見事な栗の木があり、たくさんのいが栗が落ちていた。いがの中からは、大きな栗の実が、つやつやとした顔をのぞかせている。

「今日は、栗ご飯な！」

桃吾は目を輝《かがや》かせたが、

「食べるのは、もうちょぃ後じゃ。まず洗って、干《ほ》さんとな」

と、お父に言われ、がっかりした。

「うまそうに見えるけどの、桃吾。こん中にゃあ、虫がいっぱいおるで。それを先にやっつけんとの」

「虫がおんの？　栗ん中に？」

「虫も栗がうまいことを知っとるんじゃ」

「虫、賢《かしこ》いな！」

桃吾が感心して言ったので、お父もおじぃも桜大も笑った。桜大は、自分も同じことをお父に言われ、桃吾と同じ答えを返したことを思い出した。

お父の背負子《しょいこ》いっぱいに栗を拾い終え、桜大らは昼飯を食べた。見晴らしの良い岩場で、村の風景を眺《なが》めながら、目刺《めざ》しを齧《かじ》り、握り飯を食べる。これも、毎年同じ。

そして、栗拾いから数日後。

「わー、栗ご飯じゃー！」

桜大と桃吾は、大喜び。冷蔵庫に保存された栗は、これからどんどん甘味を増し、焼き栗や栗きんとんになって食卓を飾る。

秋の夕飯は、他の季節より少し豪華になることが多かった。田畑も森も、実りの時期だからだ。

「味噌も、よう出来《でき》とる」

おじぃが褒《ほ》めた。おばぁとお母が冬に仕込んだ味噌が、秋に食べ頃になる。味噌汁用の味噌と、野菜などにつけて食べる油味噌だ。

「これがあると、酒がすすんでいかんの」

油味噌をつけた大根煮を肴《さかな》に、お父とおじぃは、酒をビールから日本酒に替え、楽しんだ。

おばぁも山に入り、茸《きのこ》を採ってきていた。ウスヒラタケとシメジは味噌汁に、椎茸《しいたけ》は、焼いて醤油《しょうゆ》をつけて食べる。おばぁは、山菜採りの名人だった。季節ごとに、いろいろな山の幸《さち》を採ってくる。

採れたての焼き椎茸はとてもうまくて、椎茸は苦手な桜大も桃吾も、これは食べられるのだった。

落ち葉

桜大と桃吾は、おばぁと銀なん拾いに行った。

おばぁとっておきの場所には、一面目のさめるような黄色の絨毯《じゅうたん》が敷《し》き詰められていた。

「すご――っ!! まっ黄っ黄やあ――!!」

桜大と桃吾は、黄色の海へ飛び込んだ。厚く積もった銀杏《いちょう》の葉は、まるでベッドのように二人を優しく受け止めた。

抜けるような空の青と、木立の茶色と大地の黄色が、目に痛いぐらい鮮やかで美しくて、すっかりと深まった秋の気配を浴びるように感じる。

「銀杏の雨じゃ～！」

桜大は腕いっぱいに抱えた銀杏を、桃吾の上に放りなげた。黄色の雨が、桃吾にわっと降り注ぐ。桃吾はキャッキャとはしゃいだ。落ち葉は、掘っても掘っても厚く降り積もっていた。

ひとしきり騒いだ後は銀なん拾いだ。桜大と桃吾は手袋をはめ、幾層にも折り重なった銀杏の葉をかき分けかき分け木の実を探したが、なかなか見つからない。

しかしおばぁはといえば、金挟《かなばさ》みでいとも簡単に、ひょいひょいと銀なんをつまんでは、手押し車に放り込んでゆく。

「おばぁは、なんでそんなに簡単に拾えるんな？」

桃吾が訊《たず》ねると、

「そりゃ慣れとるで」

と、おばぁは笑った。

「銀なんが、ここやここや、拾うてええぞ～と言うとるんや」

「銀なんがしゃべるんか！」

「そんな気がするだけやがの」

おばぁは、また笑った。桜大は、なんだか嬉しいような、優しい気持ちになった。

桃吾はおばぁに倣《なら》い、銀なんの声を聞こうと落ち葉の上にはいつくばって耳をすませてみたが、なんの声も聞こえなかった。聞こえるのは、風の音、鳥の声、おばぁががさがさと車を押す音だけだった。

「聞こえんなぁ、聞こえんなぁ」

と、寝そべって、地面に懸命に耳を押しつける桃吾を、桜大は微笑んで見ていた。

その時、ふいに、ざざざと木の葉がざわめく音がした。

桃吾のすぐ近くで銀杏の葉が風に巻き上げられ、くるくると踊っている。そこだけ小さなつむじ風が吹いているように。

「なんや?」

桜大は、身を乗り出した。

すると、銀杏の葉がごっそりと、固まって持ち上がった。黄色い葉っぱの固まりは桃吾ぐらいの背丈で、まるで一つの生き物のようにもぞもぞと蠢《うごめ》いた。桜大も桃吾も驚き、銀杏の固まりを見つめた。

(狐か狸が下におるんやろか?)

と、桜大が思った時、突然、パアン、パアン!! と、すごい音が鳴り響いた。

そのとたん、銀杏の固まりは、ザッと崩れ落ちた。

おばぁが柏手《かしわで》を打ったのだ。細い小さなしわしわの手が打ったとは思えないほど、大きく鋭い音だった。

銀杏の森には、何事もなかったかのような静けさが戻った。どこにもつむじ風など吹いていなかった。銀杏の葉は、もう蠢くことはなかった。おばぁも、何事もなかったかのように、銀なんを拾い続けた。

銀なんは、茶碗蒸《ちゃわんむし》と、おじぃとお父の酒のつまみになった。

今年も、山へお帰りになる田の神をお送りする日がやって来た。鎮守様の秋祭りだ。黒沼村を囲む山々の中で、最も高い山、あたご山《さん》。最も高いといっても、中学生が遠足で登るような標高しかないが。

とにかく、そのてっぺんにおわす山の神は、春になると黒沼村へ下りてきて田の神となり、村の田畑をお見守りになる。そして、秋の終わりにその役目を終えると、山へお帰りになり、冬を越されるのだ。

あたご山の頂上から真っ直ぐに、村の中心にある鎮守様の社《やしろ》まで、神の道が通っている。神社から神輿《みこし》に乗せられた田の神は、この神の道を通って、山の入り口まで送られる。この時、神輿が不思議と軽くなるという。担《かつ》ぎ手の中には、「ああ、今、神様が山へお帰りになった」と感じる者も多い。

神の道は、村人たちが行き交う普通の道だ。あたご山へと登る山道である。桜大らも、よく通る。ただし、神がこの道をお通りになる時だけは、人間はこの道にいてはならないという。それは、神が村から山へ帰られる時と、春、山から村へ下りて来られる時だ。この時、神の道で神に遭遇すると、神罰《しんばつ》が下るといわれている。

「神様の通行の邪魔をするんやから、そら叱《しか》られるわなぁ」

と、桜大らのおじぃは言う。

どんな神罰が下るのかは、誰も知らない。実際に、罰が当たった者がいないからだ。というのも、秋、神が山へ帰られる時は、村中の者が祭りに参加しているので、あたご山の神の通り道にいる者などいない。また、春、神が山から下りて来るといわれている時は、夜も明けやらぬ時間であり、春といっても早春、まだ神社の池が凍《こお》っている時期である。真っ暗で凍るような寒さの明け方に、山道をうろつく者はいなかった。

だが、村にいる者すべてが、昔からの言い伝えや禁忌《きんき》を、固く守って暮らしているわけではない。時代が移るとともに、人の意識も変わる。村の外からやって来る者もいる。言い伝えや慣習には何か意味があるのだろうと知りつつ、目の前の生活の方が大事という考えが増えてくるのは、仕方のないことだった。

神が通る

秋祭りの前に、数日間、雨が激しく降った。

もっとすごい雨でも、黒沼村の山々はびくともしないと皆わかっているが、役場では、万一のため、もし崩れたら村に被害が出るような場所を見て回ることとなった。その結果、一カ所だけ、補強しておいた方がいいと判断された場所があり、土木課の者が作業に当たった。それが、秋祭りの日までかかってしまった。役場では、「祭りの日は作業を中止し、翌日に再開すればいい」という意見と、「住民の安全を優先させる方が重要」という意見が出て、結局、作業は祭りの日も続けられることになった。

「鎮守さんが山へ帰るときゃあ、山道へ出んなよ」

と言われた作業員の中には、苦笑いする者もいた。

「見れるもんなら、カミサマのお姿とやら、拝《おが》みたいもんじゃの」

「滅多《めった》なこと、言うもんじゃねぇで」

「心配せんでも、作業現場は鎮守さんの道から離れとるで。作業が終わる頃にゃあ、鎮守さんも頂上の社に着いとらぁよ」

そんなことを言い合いながら、作業員たちは、祭りの日、山の中で作業を続けた。

作業の合間に、祭り囃子《ばやし》が聞こえてくる。

「そろそろ、神輿が社を出る頃やな」

村中を練《ね》り歩き、一旦《いったん》神社に帰ってきた神輿が、いよいよ山へ向かう。

鎮守様が山へ帰るのを惜《お》しむ意味で、神社を出ようとする神輿を、氏子らが神社へ押し戻す。神輿は、神社を出たり入ったりを、三、四度繰り返すのだ。神輿の担ぎ手も、押し戻す方も、双方《そうほう》酒が入ってべろべろで（酒が入ってべろべろなのは、祭りの関係者全員だが）、足下も手つきもおぼつかない同士が、押し合いへし合いをする様子は可笑《おか》しくて、桜大ら見物人は、笑いっぱなしだ。

ようやく、神輿が山へ向かい始めた。桜大らもついていく。道に並んだおじぃやおばぁが、手を合わせ「ありがとうございました」「お疲れ様でございました」と、頭を下げる。お母が、抱いた子どもの手を取って振りながら、「また来年も来てね〜」と言う。美しい光景だった。

紅葉に染まりゆく秋の村。青空に何十もの錦《にしき》の旗が翻《ひるがえ》り、小さいがきらびやかな神輿の担ぎ手は、白装束《しろしょうぞく》。祭りを取り仕切る神主の衣装も、一等上等な金色だ。神輿がゆく道々に並んだ人々が、手を合わせ、頭を下げて、神に祈り、感謝する。こんな時、桜大は、自分の故郷《ふるさと》はなんて美しいのだろうと、胸が熱くなるのだった。

あたご山の入り口まで神輿がやって来た。そこで、神主による、神を山へお送りする短い神事が行われる。

桜大は、桃吾の傍《そば》にしゃがんで言った。

「神様に、ありがとうございました。また来年も来て下さいって、お願いしよな」

桜大が手を合わせると、桃吾も素直に従った。

「神様、ありがとうございました。来年も来て下さい」

桃吾はそう言いながら、何度も頭を下げた。

村人に見送られ、田の神は、あたご山へと帰って行った。

その頃、あたご山の西側に入っていた作業員たちも、仕事を終えて山道を下っていた。

「あ〜あ、酒を飲みそびれたのぉ」

「わしら、どうせ役場詰めじゃで。どのみち飲めんわぃ」

「この後は、役場に戻らんでええんじゃろ？　神社へ行って、屋台の焼き鳥で一杯やろうや」

「おー、ええのぉ」

その時だった。

作業員五人が、一斉《いっせい》に足を止めた。

そして、全員が、同じ方向を見た。

全員が同時に左手を向き、木立の中を、山の下から上へと斜めに視線を動かした。

まるで、頂上目指して登る何かを目で追うように。

それは、すごい速さだった。風のように、一気にあたご山の頂上まで駆け抜けた。

作業員たちは、しばらく頂上方向を見たままぽかんとしていたが、やがて、ハタと我に返った。

「な、なんや？　お前、今なんか見たか？」

「い、いや。わしは、なんも……」

全員が首を振る。

「でも今、俺ら……なんか見てたよな」

「この方向……、鎮守さんの道がある方やで」

「そういやあ、ちょうど鎮守さんが山へ帰る頃や……」

お互い顔を見合わせると、背中がスーッと寒くなった。

「お勤《つと》めご苦労様でございました！　来年もよろしくお願い申し上げます！」

一人がそう言って手を合わせると、残りの者も手を合わせずにはいられなかった。

誰も、何も見ていない。だが、確かに「何かを目で追った」のだ。

木立の向こうを通ったものは、いったい何だったのだろう。

「そんなん、鎮守の神様に決まっとる」

翌日にはもう、村中に広まったその話を聞いて、桃吾は当然のように言った。

桜大は、「そやな」と笑って、桃吾の丸っこい頭を撫でた。


晩秋の空を血の色に染めて、夕陽が沈んでゆく。

夕闇が、まるで生き物のようにするすると辺りを呑《の》み込んでゆく。

それに後を追われるごとく急ぐ家路。小さな子どもたちの歩みが、自然と早足になる。

こんな時は、そこここの暗闇に何かがじっと佇《たたず》んでいる感じがするのだ。目をこらせば、それら物言わぬ存在の輪郭《りんかく》が、うっすらと見えてくるような気がする。

それらは何をするでもなく、ただじっとしているだけだ。

ただじっとして、ひたすらこちらを見つめているのだ。目をそらさず。

漆　黒

「アイタ！」

遊び疲れた帰り道。桃吾は何かにつまずいて転んだ。その拍子に草履《ぞうり》の鼻緒《はなお》を切ってしまった。

すりむいた膝小僧《ひざこぞう》をぺろぺろ舐《な》めながら鼻緒を直そうかどうか考えている時、ふと目の前の、家と家の狭《せま》い隙間《すきま》に目が行った。

黄昏《たそがれ》に刻々と沈みゆく景色の中で、その小さな暗がりは墨を流したような漆黒《しっこく》で、桃吾はそこに何かの気配を感じた。

何かが、しゃがみ込んでいる。折り曲げた両足を抱《だ》きかかえて丸まって。

その姿から、人間のように見えた。そして顔は、顔は――

「桃吾」

突然腕を捕まれて、桃吾はびっくりした。

「あ、オウちゃん」

「帰るで」

桜大は桃吾の草履を手に取り、桃吾をおんぶした。なんだか早足でその場を去ってゆく。

桃吾は、ちらりと後ろを振り向いた。暗闇《くらやみ》はまだそこにあったが、どんどん広がってゆく大きな闇の中に溶け込もうとしていた。

「あのな、オウちゃん。さっきな、暗いとこにな」

「うん」

桜大は、桃吾の話をやんわりとさえぎった。

「あんま暗いとこ、一生懸命見るな」

そういえば、同じ事をおじぃやおばぁに言われたと、桃吾は思い出した。

「うん」

桃吾は、桜大におぶわれて家へ帰った。

村を包んでゆく夕闇は優しかった。


黒沼村に、冬がやって来た。村は豪雪地帯ではないが、村中が白く染まるほどの雪が降る。

初雪が降ったら、すぐに正月が来る。村人は、いそいそと新年を迎える準備を始めるのだ。村のあちこちで、毎日のように餅《もち》つきが行われる。子どもたちは、神社や寺の大掃除に駆り出される。

桜大の家の軒下には、柿《かき》、玉葱《たまねぎ》、大根が干され、寒風の中でじっくりと旨味《うまみ》を増していた。納屋《なや》の土の下では、じゃがいもやかぼちゃ、牛蒡《ごぼう》が保存され、畑のむしろの下では、白菜が甘味を蓄《たくわ》えている。黒沼村は、冬の間閉じ込められるほど雪は降らないので、足りないものは他所《よそ》へ買いに行けるが、野菜などは、家で作るもので充分まかなえた。その他、ジャムや蜂蜜《はちみつ》、果実酒、味噌などが、納屋の棚に並んでいる。

「うわー、うまそうー！」

土間に置かれた鹿肉《しかにく》を見て、桜大が歓声を上げる。

「でかいの仕留《しと》めての。お裾分《すそわ》けじゃ」

「こりゃ、当分肉を楽しめそうやな。ありがたい」

銃を担いだ猟師《りょうし》とおじぃが笑い合う。猟が本格化する冬は、こういう恵みもたびたびあった。

柱の陰から、桃吾がこっそりとのぞいている。鹿肉を見ている。鹿は解体されて、もう肉の塊《かたまり》になっている。それでも、足の部分などは、その面影を残していた。桃吾は、春の終わり頃、山で子鹿を見たことがあった。子鹿は本当に可愛らしくて、桜大も桃吾も見惚《みと》れたものだ。桃吾はその時のことを思い出しているのだろうと、桜大は思った。

傍に来た桜大に、桃吾は言った。

「オウちゃん、あれ……あの時の鹿なん？」

桜大は、首を振った。

「違うと思う。すごくでかかったらしいからの。もっとずっと大人の鹿やで」

「ふぅん」

桃吾は、複雑な表情をしていた。桜大は、桃吾の両手を取って言った。

「そいでもの、桃吾。あれが、あの時の鹿やったとしても、わしらは、ありがとうって言うて、残さず食べんといかんで。鹿は、わしらの力になってくれる。わしらは、鹿からもらった力で、鹿がおる山を守るんや」

「鹿を食べて……、鹿のおる山を守るん？」

桃吾は、首を傾げた。

「そうや。鹿も猪《いのしし》も、虫も野菜も木の実も、みんないっしょなんや。お互いに食べたり食べられたりして、そいで、わしらはみんな生きとるんやで」

桃吾は、よくわからなかった。それでも、

「鹿と猟師のおっちゃんに、ありがとうって言おな」

と、桜大に促《うなが》されると、大きく頷いた。

「おっちゃん、ありがとぉ。鹿さん、ありがとぉ」

小さな手を合わせて頭を下げる桃吾を見て、猟師は思わず涙ぐんだ。

「なんとええ子じゃのお、コウさん、あんたの孫らは！」

おじいは、照れくさそうに笑いながら、桜大の頭をガシガシ撫《な》でた。

「一丁前《いっちょまえ》のこと言うわい。ガキのくせに、まったく……」

黒沼村の猟師は、食べるためだけに猟をするのではない。趣味や販売目的でも猟をする。害獣駆除《くじょ》もある。昔のマタギのように、自分が食べる分だけ狩るわけではないのだ。時代は移ってきている。それでも、猟師は山への祈りと畏怖《いふ》を忘れないことを、桜大は知っている。

山の中には、小さな祠《ほこら》が点々と祀《まつ》られていた。それは、清水の湧《わ》く傍《そば》だったり、大きな木の根元だったり、洞穴の脇《わき》だったりいろいろで、水や木や動物など、自然霊を祀っているといわれている。山や森に携わる者たちが、昔から崇《あが》めてきたものだった。猟師も、炭焼《すみや》き人も、森林組合の者も皆、祠を見かけたら、手を合わせることを忘れない。特に、山から命を奪う猟師は、感謝や祈りなしではやっていけないと、桜大は猟師から聞いたことがあるのだ。

二本足

一発大物を狙《ねら》おうと、猟師は待ち構えていた。でかい猪《いのしし》がいると聞き込んできた。だが、待ち伏せしていた場所に、獲物はなかなか現れない。じりじりしている間に、陽《ひ》がすっかり翳《かげ》ってしまった。

「今日はもうダメかの」

そろそろ諦《あきら》めようかと思った時だった。茂みに潜《ひそ》んでいた猟師の背後に、濃厚な気配が近づいてくるのがわかった。一瞬で、猟師は動けなくなった。

(な、なんな?)

嫌《いや》な気配だった。どろどろとして、真っ黒な印象。

(こりゃあ……、こりゃあ、生きたものではねぇで!)

猟師は、ゾーッとした。こんな経験は、初めてだった。

猟師になって、もう何年にもなる。山で起こるさまざまな神秘について、先輩たちから聞かされたことはあるし、それを否定する気はない。自分だってそこそこ信心深いし、山や森に対しては、礼を尽くそうと思っている。だが、自分が具体的に何かを体験するとは思っていなかった。

今、動物など、生きたものではないものが、背後にいる。

(生きたものじゃねぇなら、それはなんな? いやいや、落ち着け! 猪らぁの殺気かも知れんで! それだったらそれで危ねぇ!)

必死でそう考えるものの、猟師の、人間の本能が、「違う」と言う。身体中を冷や汗が滝《たき》のように流れ、心臓が痛くなった。

パキ……カサ……と、地面を踏む音がする。ひどくゆっくりだった。軽い音だった。

そして、それは「二本足の音」だった。猟師の頭の中に、真っ黒でどろどろした固まりから、青白く痩《や》せた足が二本出ているイメージが湧いた。それが、ゆっくりと近づいてくる。猟師は、恐怖で叫びそうになった。

(ダルか⁉ これは、ダルでねぇか⁉)

ダルとは、「ヒダル神」のことで、深い山にいるといわれる妖霊《ようれい》である。これに取り憑《つ》かれた人間は動けなくなり、やがて死ぬ。もともと山にいる妖怪だとも、山で死んだ人間が化けたものだともいわれている。

ダルに憑かれたら、飯《めし》を一口でも食べれば助かるというが、猟師は弁当を平らげてしまっていた。絶望的な気分になった。

あとは……、祈るしかなかった。

(山の神様！　水の神様！　木の神様！　どうか、お助け下さい！　わしにゃあ、生まれたばっかりの娘がいるんで！　その子のために、死ぬわけにゃあいかねぇんで！　どうか、お助け下さい!!)

冷たく固まった身体で、手を合わせることもできないまま、猟師は必死に祈った。

フッと、身体が軽くなった。その瞬間、

「うおぉおおおお!!」

と叫んで、猟師は立ち上がった。

慌《あわ》てて辺りを見回したが、怪《あや》しい気配は、もうどこにもなかった。

「あれがダルだったんか、わかんねぇ。なんで助かったんか、わかんねぇ。わしの祈りが通じたんか、怪しいもんは、なんもするつもりはなくて、ただ通り過ぎただけかも知んねぇ。全部、わしの勘違いだったかも知んねぇ」

猟師は、桜大に優しく微笑んだ。

「でも、全部勘違いだったらぁて、思いたくねぇ。あそこにゃあ、確かに悪いもんがいて、わしの祈りに、ええ神さんがこたえて下すって、わしを助けてくれたんで」

猟師の話に、桜大はウンと頷《うなず》いた。

「全部勘違いだった……。そんな風に考えたら、わしはこれから先、やっていけん気がするんじゃ。あそこにゃあ、悪いもんとええもんがいる。そう考えた方が、わしはやっていける」

桜大は、さらに大きく頷いた。

「それからは、ホレ。ちゃあんと弁当は残すようにしとる」

そう言って笑った猟師の弁当箱の隅には、飯粒が一盛り残してあった。

何もなかったことにするよりも、良いものと悪いもの、両方の存在を認める猟師の考えが、桜大は好きだった。

山へ弁当を持って行った時は、桜大もほんの少し食べ残すことを忘れない。

大晦日《おおみそか》。

大晦日の夕飯は、お母とおばぁが一日中お節《せち》作りに忙しいので、鍋《なべ》と決まっている。

「今年は、紅葉《もみじ》か。楽しみにしとったで」

お父が、舌なめずりした。冷蔵庫で保管され、熟成され、柔らかく味わい深くなった鹿肉が、出汁《だし》と味噌の中で、豆腐、椎茸《しいたけ》、牛蒡《ごぼう》などとともに、ぐつぐつと、いい音といい香りを立てていた。

「去年は、たしか牡丹《ぼたん》だったの」

「わし、どっちも好きやー。鍋《なべ》はなんでも好きやけど」

桜大も桃吾も、舌なめずり。

鹿鍋のことを、紅葉鍋という。猪鍋を、牡丹鍋という。正月前に、猟師からお裾分けがあるなしによって、大晦日の鍋が違うのだ。ちなみに、お裾分けがない時は、豚か鶏《とり》の水炊《みずた》きになる。

「今年も一年、皆、ご苦労さんやったの」

おじぃの挨拶で乾杯。こたつに入って、皆で鍋をつつく。いつもは酒は呑まないお母も、この夜はちょっとだけ日本酒を呑み、頬を赤くしていた。

「お肉、やぁらこおてうまいな」

桃吾は、鹿肉をもりもりと食べた。

「そうやな」

桜大も、もりもりと食べた。

大晦日の締《し》めは、年越し蕎麦《そば》だ。これは、毎年お父が作る。今年からは、桜大も手伝った。小ぶりの椀《わん》に温めた汁《つゆ》を張り、お父が湯がいた蕎麦を入れて、かまぼこと葱《ねぎ》を載《の》せる。それだけのものだが、桜大も桃吾も、これが大好きだった。大晦日に食べるこの蕎麦は、いつもよりうまい気がした。これは、まず、お母とおばぁに出される。次に、おじぃ。お父と桜大と桃吾は、その後だった。

「ん〜、今年もお蕎麦おいしいわぁ」

蕎麦をすってお母がそう言うと、お父は嬉《うれ》しそうに笑った。別に、お父が蕎麦粉から打ったわけでもないのだが。

「晦日にこれを食うと、一年が終わる気がするの」

おばぁも笑う。

この日は、桜大も桃吾も夜更《よふ》かしが許された。といっても、桃吾などはどんなに頑《がん》張《ば》っても、せいぜいいつもより一時間遅い九時頃には寝てしまう。桜大は、頑張って紅白歌合戦を見る。

夕飯の後片付けもすみ、こたつで、お茶と煎餅《せんべい》と蜜柑《みかん》をお伴《とも》に、桜大はうとうとしながら紅白歌合戦を見た……ような気がするが、いつの間にか寝てしまっていた。

黒沼村の大晦日はしんしんと冷え、今年も夜のうちに雪が降り、元日は、一面の銀世界となっていた。

「あけましておめでとうございます」

朝八時。新年の挨拶をし、お節とお屠蘇《とそ》でお祝いをする。桜大と桃吾の楽しみは、年末についた餅の雑煮《ぞうに》だ。火鉢《ひばち》で香ばしく焼かれた餅の雑煮を食べた後は、皆で鎮守様に初詣《はつもうで》に行く。

鎮守様の参道には、正月の幟《のぼり》がはためき、屋台が並び、境内では獅子舞《ししまい》が舞い、おめでたい雰囲気《ふんいき》に満ちていた。

冬の間、山の神はあたご山の頂上にいらっしゃって留守だが、鎮守の社《やしろ》には、産土《うぶすな》神《がみ》や氏神様がいらっしゃる。村人の中には、山の社まで山の神に参拝に行く者もいる。明け方から登り、頂上でご来光を拝むのである。桜大も、いつかそうしたいと思っている。

明日、明後日には、親戚も来る。いとこたちは、雪遊びを楽しみにしている。桜大も桃吾も楽しみで、自然と笑顔になった。

「桃吾、大《お》っきい雪だるま作って、アケミちゃんらびっくりさせたろうか!」

「うん、作る! 雪だるま作るー!!」

センセイ

Outa's
mysterious
forest

Hinowa Kouzuki

あたご山《さん》は村の真北に位置し、その西側の山を、おたか山《やま》という。この山の入り口に、他所《よそ》から来て住み着いた者がいた。村人は皆「センセイ」と呼ぶ。

センセイは、桜大《おうた》が小学三年生だった頃、村にやってきた。どこから、なぜ村にやってきたかは知らないが、今ではすっかり村に馴染《なじ》んでいる。

ウェーブのかかった黒髪を後ろでちょんとくくり、銀縁《ぎんぶち》の丸眼鏡に、優しげな垂《た》れ目、顎《あご》には髭《ひげ》。夏は甚兵衛《じんべえ》、冬は着物に股引《ももひき》と、ちょっと古風な出《い》で立ちだ。

センセイの家の縁側には、いつも近所のおじぃやおばぁやお父《とう》やお母《かあ》や子どもたち、誰かしらが座り込んで話をしている。センセイがいなくても、勝手に茶を飲んでいる時もある。その人たちの茶菓子を買いに、センセイはよく福々堂《ふくふくどう》にやって来る。そこでも、ひとしきり福々堂のおばぁの話し相手をする。

センセイと呼ばれるだけあって、センセイは物知りだ。子どもたちにいろんな遊びを教えてくれる。

竹と紙で作る飛行機遊び、闘蜘蛛《とうぐも》、マッチ箱の車を牽《ひ》かせたカブト虫の競走。幻燈《げんとう》紙芝居や竹で楽器を作って、村の集会で発表会をしたりもした。

センセイは、よく虫取り網や写真機や画材を持って、森に入ったり山に登ったりしているので家にいないこともある。桜大たちは、主のいない部屋で本を読んだりして帰りを待つこともあった。

センセイの部屋はいろんな本が山のように積んであり、虫や花の標本や、骨や石や写真、その他変なものがゴロゴロしている。子どもたちにとっては摩訶不思議《まかふしぎ》な空間だった。山だ川だと遊び場の多い子どもたちだが、このセンセイの家も、欠かさず立ち寄る大切な場所だった。子どもたちは皆、センセイが好きだった。

さまざまな草花の鉢植えがたくさん並んでいる前庭から、桜大と桃吾《とうご》が声をかけた。

「センセー」

囲炉裏《いろり》の間から、甚兵衛姿がひょこっと現れる。

「おー、桜大、桃吾」

「センセー、トマトとおくら、摘《つ》んできたで」

「おお、コリャありがたいの！　さ、上がれ、二人とも」

桜大と桃吾が囲炉裏の間へ上がると、岩魚《いわな》の串刺《くしざ》しが、炎に炙《あぶ》られていた。

「ええ匂《にお》いしとったの、これか」

桜大が笑うと、センセイは嬉《うれ》しそうに言った。

「これも、貰《もら》いたてじゃ。たくさんあるで、食ってけ」

障子《しょうじ》も襖《ふすま》も開け放された家の中を、初夏の風が吹き抜けてゆく。火の燃える囲炉裏端にいても暑くなかった。この家は、おたか山のすぐ近くにあるので、山からの涼気のおかげで涼《すず》しかった。

岩魚の焼き上がりを、桜大と桃吾といっしょに猫が三匹待つ。この猫たちはセンセイの飼い猫ではなく他所の家からの通い猫なのだが、本家よりセンセイの家にいる時間の方が長かった。

「んん〜っ、摘みたてのうまいことよ！」

トマトにかぶりついて、センセイは唸《うな》る。センセイは黒沼村《くろぬまむら》の野菜が大好きで、いつも、それはそれはうまそうに食べる。

「桃吾のおじぃとおばぁは、野菜作りの天才じゃなあ」

おじぃとおばぁを褒《ほ》められ、頭を撫《な》でられ、桃吾は頬《ほお》を真っ赤にして、嬉しそうに笑った。センセイは褒め上手だと、桜大はいつも思う。桜大も、センセイに褒められてきたものだ。

「岩魚、うまーい！」

「うまい!!」

「うわー、うまいなあ！」

焼きたての岩魚の塩焼きのうまさに、三人はそろって声を上げた。

「コリャいかん。やっぱり酒じゃ、酒を呑《の》まんと！」

昼間から酒を呑んで、センセイはますます幸せそうだった。お裾《すそ》分《わ》けを貰った猫たちも、ご機嫌だった。

桜大と桃吾が猫と遊んでいると、女の子らが猫を見に来たり、通りかかった桜大の友だちらが話し込んで行ったり、近所のおばぁが煮物を持って来たりした。センセイは、子どもたちを見守り、中学生たちには写真機や骨の標本を見せたり、おばぁの話し相手になったりした。

そうこうしているうちに陽《ひ》は傾《かたむ》き、そろそろ夕飯の支度《したく》の時間になった。

門の外に、キキッと自転車が止まった。中学三年のナオキだった。

「あ、ナオちゃん」

「おう」

ナオキは、桜大と桃吾に手を挙げると、センセイに言った。

「センセイ。じぃちゃんが、牛鍋《ぎゅうなべ》やるで食いに来いって」

「おおっ、そりゃ、ありがたい！」

桜大らと別れ、ナオキの自転車に二人乗りする。

「いや～、今日も一日忙《いそが》しかったのぉ～」

ナオキを乗せた自転車をこぎながら、センセイは楽しそうに言った。

センセイの絵

桜大がまだ四年生の時だった。ある日、一人でおたか山に登った。

さわやかな昼下がり。桜大は気持ちよくて、どんどん山の中を歩いて行った。

木漏《こも》れ日が輝いていた。小鳥たちが、盛んにさえずっていた。

山の中腹あたりで、ぽかりとあいた岩場に出た。「お！」と、桜大は目を見張った。

周辺の山々が見渡せるその場所に、センセイがいたのだ。

「センセーイ！」

「桜大？　お前、一人か!?」

センセイは、そこで絵を描いていた。油絵だ。

「お前みたいな小さい子が、こんなとこまで一人で来たらいかん。あぶなかろうが」

「山を歩くのは平気じゃもん」

「お前、山葡萄《やまぶどう》食ったな？」

桜大は汚れた口元をにんまりさせた。

「いっぱいなっとるとこ知っとるで。センセイにも教えたろうか？」

桜大は道端の木の実をむしり、湧《わ》き水を飲みながら山歩きを楽しんでいた。晩飯《ばんめし》用に茸《きのこ》などを摘んで帰ることもある。

「たくましいもんじゃ」

センセイは笑った。

桜大はセンセイの絵を見た。

「これは、なんの絵な？」

「こっから見える景色じゃ。空、山、森……」

センセイの絵の中の風景は、とても不思議だった。

山は燃えるようで、森は海のようで、空にはジグザグな線やくるくるねじれた線がたくさん飛んでいた。海のような森では、動物のような虫のようなものが輪になって踊っている。燃える山には宝石がばらまかれていて輝いていた。

桜大は、自分の見知った山や森とは、まるで違う顔をした風景に目をパチクリさせて見入ってしまった。見つめていると、なんだかどきどきするような絵だった。

「なんでこんな風に描くん？」

桜大が問えば、センセイは目の前の景色を見ながら答えた。

「俺にはなあ、この景色がこんな風に見えるんや」

「ホンマか？　センセイにはこんなに見えるんか⁉」

「そうや」

「この、空を飛んどるもんはなんな？」

「うーん、わからん。とにかく、ビュンビュン飛んでたり、くるくる飛んでたりする」

「森の中で踊っとるんは？」

「うーん、森の神サマやろかの？」

「山でキラキラしとるんは？」

「うーん、わからん。とにかくキラキラ光っとる」

「ふーん……」

桜大は、絵とセンセイを交互に見た。

「ええなあ。わしもこんなキラキラしたの見たいなあ。なんで、わしには見えんのな?」

センセイは、桜大の頭を撫でた。

「そんかわり、桜大にゃ山葡萄や茸の在《あ》り処《か》がわかるやろうが」

「ああ、そうか!」

桜大はすごく納得した。センセイは大笑いした。

「俺にも茸のある場所を教えてくれ、桜大。晩飯は茸汁じゃ」

「よし、教えたる! 行こう、行こう!」

桜大は、センセイの描く絵のことはよくわからなかった。

でも、ますますセンセイが好きになった。

大空にいろんな飛ぶものを見る、森の海に神様のダンスを見る、燃える山に輝く宝石を見る目をしたセンセイが、好きだった。

センセイが黒沼村にやって来た時、村の年寄りに、村に伝わる伝承や、昔話などを聞いて回ったという。中でも、黒沼の森や山々にまつわる不思議な話、神仏に関わる話、妖怪《ようかい》の話などを好んで聞きたがった。センセイには、この村には必ずこういう話があるはずだろうと、確信があったようだ。センセイは、それらの話を丁寧《ていねい》に記録し、そうしているうちに居着いてしまったのだった。

他所者《よそもの》を嫌《いや》がるほど閉鎖的でもない黒沼村の人々は、この、変わり者だが、なんだか学のある青年を面白がり、受け入れた。何より、自分たちの村を素晴らしい場所だと褒めてくれ、神仏や妖怪の話を真剣に聞き、大切に思ってくれるところが嬉しかった。特に、年寄りたちは喜んだ。

お花畑で会いましょう

センセイは、どうして不思議な話が好きなのか？　と、桜大は問うたことがあった。

煙草《たばこ》の煙をくゆらせて、センセイは少し微笑《ほほえ》みながら、静かに言った。

「二十歳の頃に、自殺したことがあっての」

桜大は、ぎょっとした。センセイは、垂れ目を細めて付け加える。

「というてもの、ものすごく辛《つら》くて苦しくて、もう死んだ方がマシや！　って、そんなんじゃないんで」

桜大は、今度は首を捻《ひね》った。

「ほんなら、なんで？」

可愛《かわい》らしく首を傾《かし》げる桜大を見て、センセイは小さく笑った。それから、昔を思い出すように、遠くを見ながら言った。

「なんとなぁ〜く、や。なんか死にたいなぁ〜。死んでもまぁええかって」

桜大は、ますます首を傾げる。

「確かに、俺は両親に早う死なれて、施設で育った。でも、施設はええとこやった。みんな仲良しで、大人らはよう面倒みてくれた。親がおらんハンデとか寂《さび》しさとかはあったけど、あんまり意識したことはなかったなぁ」

それでも、やはり心の中には、確実に「欠けた部分」があった。

センセイは、施設を卒業し、働き出した頃、それを思い知ることになる。

「なんかな……、気持ちがついてこんのな。毎日工場へ行って、もの作って、別にその仕事も職場も嫌じゃなかったけど……。なんか、なんもかも実感できんっちゅーか……」

なんのために、自分はこうして働いているのだろうか。

働いて、食べて、寝て、また働いて。自分の人生は、その繰り返しなのだろうか。

「これからも、ずーっとこうやって生きていくんかと思うたら、なんか、やめとうなっての。かというて、別の仕事を探すのも違う気がしての。ほんなら、自分は何をしたいんやと考えたら……なんも浮かばんかった。ああ……じゃあ、もう死のうかと思った」

桜大は、理解できなかった。桜大には、やりたいことがある。なりたい自分がある。おじぃのように、黒沼村の土と水と緑とともに生きていくことだ。うまい野菜や米を作ることだ。そうでなくても、やりたいことが何も浮かばないから、じゃあ死のうという考え方が、さっぱりわからなかった。

桜大の目が点になっているのを見て、センセイは可笑《おか》しそうに笑った。

「若い頃っちゅーんはな、アホなことをするもんや。いろんなアホなことの中に、自殺願望もある。理由のあるなしに拘《かかわ》らず、なんや急に、生きるとはなんぞや？　とか考える時期がな。お前も、まったく他人事《ひとごと》やないぞ、桜大」

センセイに意地悪そうに笑われて、桜大は、

「そうなん？」

と、眉《まゆ》をひそめた。

「まあ、俺の場合は、やっぱり将来に不安があったんやろうなぁ。親はおらん。親戚《しんせき》もおらん。いざという時に、誰も頼れん。親がおる家庭いうのを知らんから、自分がそれを作れるか自信ない。そういうのをはっきり悩めてたら、まだマシやったんやろうが……」

センセイは、悩むことはなかった。

だから、すぐに「死のう」と考えてしまった。

「ロープ持って、近くの山へ行った。なるべく山の奥まで入って、そこで首吊《つ》ろうってな」

センセイは、黙々と山に登り、淡々と首を吊った。

「な、なんも思わんかったん？　怖《こわ》いとか、やっぱりやめようとか」

「思わんかったなぁ。心の中が、空っぽやったんやなぁ」

煙草の煙を吐《は》きながらそう言うセンセイを見て、桜大は哀《かな》しくなった。心の中が空っぽなんて、なんて哀しいことだろう。桜大は、そんなセンセイをひどく哀れに思った。

「そんなん……嫌やな」

「その通りや」

センセイは、桜大の頭を撫でた。

「なんも感じられへん、なんも考えられへん。人間にとって、これほど哀しくて恐ろしいことはないで。それはもう、生きてへんってことやからな」

「でも、センセイは生きてる！　死ぬの、やめてんな！」

「いや。俺は、一回死んだ。生き返ったんや」

センセイは、ニカッと笑った。

「ええっ、ホンマに!?」

大変な苦しみの後、真っ黒な静寂が訪れた。

(ああ、死ねたのかな……)

と、センセイは思った。

目を開くと、一面の花畑だった。

黄昏《たそがれ》のような暗い空。見渡す限り、延々《えんえん》と続く花畑以外、何もない。そこにぽつんと立っていたセンセイは、ハッとした。

「これって、よく言われてる、あの花畑か!?」

神仏や妖怪、霊の世界に興味はなかったセンセイも、臨死《りんし》体験という言葉は知っていた。あの世とこの世の境《さかい》には花畑と三途《さんず》の川があり、川を渡ったら死に、渡らなかったら生き返るという。テレビなどでよく取り上げられていたし、施設時代、子どもたちの間でも、このての怖い話や不思議な話は、よく話題になっていた。

「じゃ、三途の川ってのも……」

センセイは、きょろきょろした。

「父さんと母さんがいるかも!」

センセイの頭の中に、三途の川の向こうから、自分を招く両親の姿が浮かんだ。

身体に、ぼんやりと白い光を纏《まと》っていた。それは、優しくて美しい光だった。

「命の光だ……！」

センセイは、なぜだかそう思った。そう思ったとたん、涙が溢《あふ》れてきた。その場に突っ伏して、声を上げて泣いた。こんな小さな生き物でさえ、命の光を纏って美しく光り輝いている。それが素晴らしくて、愛《いと》おしくて、涙が止まらなかった。

〈お前もそうなのだよ〉

と。誰かに言われた気がした。

「それからやな。それまで見えんかったものが見え始めたんは」

センセイは、空に向かって煙草の煙を長く吐いた。桜大は、だからセンセイの描く絵は、自分の見る景色と違うのだと納得がいった。

「臨死体験したら不思議を見るようになるとかいうから、それなんやろなぁ」

「センセイを助けてくれたんは、センセイのお父とお母なんやろな」

と、桜大は言ったが、センセイは首を振った。

沢周辺の泥や土には、靴跡《くつあと》がついていた。誰かが、センセイを担《かつ》いで沢まで運んできたのだ。センセイの服に、長い黒髪がついていた。そして、辺《あた》りには煙草のような残り香が漂っていた。

「誰なん？」

桜大は、また首を傾げた。センセイはそれには答えず、ただ笑った。

「不思議やなぁ、桜大。世の中には、不思議が溢《あふ》れとる。俺は、不思議が大好きや。お前もそうやろ？」

「うん！　大好きや!!」

「黒沼村は、俺の理想郷やで。俺は、ここに生きてる不思議を、ずっとずっと後の時代まで伝えていきたいんや」

訛《なま》りもすっかり板に付いたセンセイがそう言うと、桜大は嬉しくて叫びたくなった。センセイが死ななくて良かったと。センセイを助けてくれた誰かに「ありがとう」と、感謝する桜大だった。

おたか山の入り口にあった空き家を村人が修理し、センセイに貸してくれた。センセイはそこに住みながら、村人の話を聞き、森や山に出かけた。そして村人は、新たなる隣人が増えたこともそうだが、それ以上に喜んだのは、センセイに医術の心得が多少あったことだ。

黒沼村にも、民間療法が数々伝わっており、年寄りたちは、植物などから作る熱冷ましや下痢《げり》止めの薬を知っている。だがセンセイは、そういうものをより多く、より詳しく知っていた。センセイは草花を集め、育て、常にいろいろな薬を常備したので、軽い病気や怪我《けが》などに、すぐに対処できた。獣医師はいるが、人間の医者は、車で小一時間離れた町にしかいない黒沼村の人々にとって、応急処置ができる者がいるということは、とても心強いことだった。

痛いの痛いの飛んでいけ

「センセー！　マナブが、鉈《なた》で腕切った！」

桜大が、マナブをおんぶして駆け込んで来た。

「鉈で⁉」

センセイが飛び出てくる。ぐすぐす泣くマナブの左腕には、ハンカチが巻かれていた。血で真っ赤になっている。それをほどくと、腕にはパックリと口が開いていた。

「うおっ、かなり深く切っとるの。……ん、動脈は切れとらんな。よしよし」

センセイは、まず傷口を清水で洗い、桜大に傷口を押さえさせておくと、庭にある葉っぱや花と、引き出しから出した種や馬油《マーユ》などをすり鉢《ばち》に放り込み、素早く薬を作った。

「なんで、鉈で切ったんな？　いたずらしたんや？」

「それが……」

桜大がチラリと、門の方を見た。門柱から、マナブの兄のタカシが顔を半分出していた。

「鉈を持って兄弟喧嘩《げんか》したあ⁉」

事情を聞いたセンセイが叫ぶ。

タカシとマナブはよく兄弟喧嘩をするのだが、今日はお互いが納屋《なや》から鉈を持ち出し、それで喧嘩をしていたのだ。たまたま桜大がそれを見つけ、やめさせようとしたが、遅かった。

「田舎《いなか》の子の遊びはワイルドなもんやが、喧嘩もワイルドじゃなぁ」

センセイは溜息《ためいき》をつきつつ、マナブの傷口に薬を塗《ぬ》り、油紙を当て、包帯を少しきつ目に巻いた。

「タカシ、おいで」

センセイに呼ばれ、タカシはおずおずと寄ってくる。兄弟の前で、センセイは言った。

「喧嘩するのは止めんが、鉈なんぞ持ち出したらどうなるか、二人ともようわかったろうが？　もっとすごい怪我をするとこやったんやぞ」

静かな口調でそう言われ、タカシもマナブもしゅんとなった。

「これからは、喧嘩は素手でやり。武器はあかん。ええな？」

「はぁい」

「さあ、家へ帰って、マナブは大人《おとな》しゅうしとるんで。風呂に入ってもええが、傷口を濡《ぬ》らさんようにな。それからタカシ、これはマナブの痛み止めと熱冷ましや。マナブが痛がったり熱が出たら、お前がこれを飲ませてやるんで。飲み方はここに書いてあるから。それから、毎日傷口の薬の替えを取りにおいで。ちゃあんとマナブの世話するんで。ええな」

センセイにそう言われ、肩をぐっと抱かれたタカシは、大きく頷《うなず》いた。

「桜大、二人を送ってやってや」

「うん」

「二人はもう充分反省しとるから、叱《しか》らんといたってくれと、親御さんに伝えてくれ」

と、センセイはウィンクした。桜大は、肩をすくめて笑った。

その三日後。センセイは、マナブの様子を見に行った。

「マナブがお世話ンなって、ありがとうございます」

マナブのお母は、腰が折れそうなほど頭を下げた。

「様子はどうなと思うての」

マナブの寝床に通されると、そこに桜大と桃吾がいた。

「お、お前らも見舞いか？」

「おばぁが、梅ジュース持ってってやりって」

盆には、氷の入った空きコップが四つ並んでいた。

「梅ジュース、うまかった」

笑顔でそう言ったマナブだが、横になったまま、元気がなかった。布団《ふとん》の向こうに、タカシも元気なく座っている。

「どれ、傷口見せてみ」

センセイは、包帯を解いた。傷口は小さくなっているものの、膿《う》みかけていた。周辺は腫《は》れて熱を持っており、腕は倍の太さに膨《ふく》らんでいるように見えた。

「熱は、今どれぐらいや？」

「七度五分！」

タカシが即答した。

「ちゃんとマナブの看病しとるな、タカシ。えらいぞ」

次に、センセイはお母に訊《たず》ねた。

「言葉がもつれるとか、手足がけいれんするとか、寝汗、歯ぎしりとか、ないかの？」

「それはないです」

「大きな傷やったから、それだけ治りが遅いのは仕方ないで。もうちょっと頑張り。ばい菌とかは大丈夫や思うが、一番恐い破傷風《はしょうふう》は、潜伏期間が長いからの。まだまだ油断できん。寝汗、歯ぎしり、肩や首が痛いと言い出したら、すぐに病院行きや」

と、薬を交換しながら、センセイは言った。お母は、こくこくと頷いた。それからセンセイは、徐《おもむろ》に立ち上がった。

「お母さんと桃吾は、ここでマナブを見ててや。タカシ、桜大、ちょっと来てくれ」

桜大とタカシを連れて家から出ると、センセイは言った。

「タカシ、マナブと喧嘩した時の鉈は、どこにある？」

タカシは、センセイと桜大を納屋へ連れて行った。

「これ」

鉈や鋏《はさみ》などが、納屋の高いところに吊るされていた。子どもの手が届かない場所に移されたのだろう。

「マナブの腕を切ったんは、タカシが持ってた方の鉈やな？　それはどれか、覚えとるか？」

「うん、覚えとる。青い色のやつ」

何本かある鉈の柄《え》には、それぞれに違う色のテープが巻かれてあった。センセイは、それを取った。

「うん。錆《さ》びも汚れもないいな。いつも、ちゃんと手入れされとるんやな。ばい菌の心配はないやろう」

「マナブ、ちゃんと治るろうか？　なんや、しんどそうやけど」

桜大とタカシは、心配していた。

「傷を治すために、マナブは闘ってる最中や。傷はこれ以上悪化はせんと思うが、マナブの体力が心配や。精のつくもんは、お母が食べさせてくれるやろう。梅ジュースも効果がある」

センセイは、ここで、鉈の刃《は》を二人に見せた。

「俺らは、ちょっとしたお呪《まじな》いをしよう」

「お呪い？」

桜大とタカシは、思わず顔を見合わせた。

「ええか。これは、共感魔術というての。思いや行為が相手に伝わるという呪《まじない》や」

「魔術」という言葉に、桜大とタカシは、ハッと身がすくんだ。

「マナブを傷つけたこの鉈の刃を、マナブの傷を手当てするように手入れする」

センセイはそう言いながら、鉈の刃に油を塗り、磨《みが》いた。

「刃が綺麗《きれい》になるように、マナブの傷も良くなりますようにと、願いを込めるんで」

真剣にそうするセンセイに、桜大もタカシも引き込まれた。特にタカシは、マナブの傷が良くなるなら、なんでもしたい気持ちだった。

「センセイ、俺、やる！」

「そうか。気ぃつけてな。お前が怪我したら元も子もないで」

タカシは深く頷くと、鉈を手入れし始めた。

「痛いの痛いの飛んでけ。痛いの痛いの飛んでけ」

小さく呟《つぶや》きながら、タカシは懸命に刃を磨いた。桜大は、その姿に感動した。

「祈る姿いうんは、美しいもんやな」

センセイの言葉に、桜大は頷いた。

センセイはタカシに、とりあえず今日から三日間、呪《まじない》を続けるように言った。ただし、お父やお母には内緒にしておくこと。鉈の刃があぶないので、一人でやらないことを約束させた。

「桜大、すまんが、タカシに付き合うてやってくれんかの」

「わかった。わし、明日も来るからの、タカシ。お呪いは、わしが来てからやろうな」

「うん。オウちゃん、ありがとお。センセイ、ありがとお」

タカシの家からの帰り道、桜大はセンセイに訊ねた。

「センセイは、魔法が使えるん？」

センセイは、大声で笑った。

「ああいうのはの、大昔から世界中で伝えられてきたもんやで。俺は、それを知識で知っとるだけ。ほいで、真剣に祈れば、相手に伝わると信じとるだけや」

桜大は、タカシの「祈る姿」を思い返した。美しいと、センセイは言った。ああいう祈りは、きっと通じる。呪《まじない》は、そんな祈りを伝える手段なのだ。

「うん。わしもそう思う」

桜大は、確信を持って頷いた。

マナブの傷は、それ以上膿むことなく、その翌々日から急に良くなり始めた。タカシと桜大は、呪が効《き》いたのだと信じている。

黒沼村は、村中総出で、田植えを一斉にやる。日付も決まっており、平日に当たれば学校は休みとなり、子どもたちも全員田植えに駆り出される。役場ですら、わずかな職員を残して皆田植えに出る。

朝。鎮守様《ちんじゅ》の神事が行われ、早乙女《さおとめ》の衣装を着た女の子たちが、まず苗《なえ》を植える。それから、それぞれの田んぼで一斉に田植えが始まるのだ。

青い青い空に、大きな白い雲。山々の緑は輝き、田んぼの周辺には、杜若《かきつばた》や菖蒲《しょうぶ》が、黄色や紫の鮮やかな花を咲き競わせている。マーガレットの純白も眩《まぶ》しいほどだ。その美しい景色の中に、早乙女のなんと映えることか。センセイは、写真機を構えながら溜息をつく。お父、お母、おじぃ、おばぁ、そして、小学生と中学生が入り交じり、子どもたちはきゃあきゃあと騒ぎながらも、苗を植えていく。

「ええ風景じゃ……」

ひとしきり写真を撮ると、センセイも田植えに参加する。ゆるんだ水とやわらかい泥が、くすぐったく心地好い。蛙《かえる》や虫たちが逃げてゆく。寄ってくる虫もいるが。

「うわー、蛭《ひる》じゃーー！」

桃吾が大騒ぎしている。

「桃吾は大袈裟《おおげさ》やのぉ」

と、笑いながら畦道《あぜみち》に上がったセンセイだが、その足下に大きな百足《むかで》がいて、桃吾に負けない大声を上げてしまった。近くにいたトクじぃが、目にもとまらぬ素早さで百足に剪定鋏《せんていばさみ》を突き刺した。

「センセイも大袈裟だで。ひゃっひゃっひゃ」

トクじぃは、なんてことないように百足の頭をバチンと切り落とし、畦道にポイと捨てた。

「田舎の年寄りは、なんでこうも虫の殺傷能力が高いんかのぉ」

未《いま》だに百足やゲジを見るとオロオロしてしまうセンセイは、おじぃやおばぁが、一撃必殺で虫を殺すのを見るたびに感心する。

昼時。畦道で、お母らが炊《た》き出してくれた握り飯を食べた。塩むすびと甘い卵焼きが、疲れた身体に染《し》み渡る。

握り飯を食べながら、センセイが皆の昼飯の様子を写真機で撮っていたら、

「センセイ！　蛇《へび》！　蛇!!」

と、桜大が、蛇を片手に得意そうなナオキを指さした。センセイは、握り飯を吹き出しそうになった。

「蝮《まむし》やないか！　あ、あぶ……っ！」

「大丈夫。死んどる」

ナオキは笑った。田んぼ脇《わき》の土手の石垣の間に蝮を見つけた時、蝮はすでに弱っているようだった。しかし、こんな場所で毒蛇をそのままにしておけなかったので、ナオキは蝮の頭を石で潰《つぶ》して捕らえたのだ。

「年長の子どもらぁは、心得とるで。滅多に事故は起こらんよ」

おじぃらは、煙草を吹かしながらのんびりと言った。

「まったく、たくましいの。大人も子どもも」

センセイは笑ったが、小さい子どもたちには、あぶないもの、あぶないことについて教えたいと思った。

蝮は、ナオキのおじぃが「蝮酒《まむしざけ》」にした。

秘密基地にて

夏休みに入ってすぐに、センセイは子どもたちと秘密基地を作った。

「秘密基地を作るぞー！」

「おーっ!!」

センセイを先頭に、林業所でもらった木《こ》っ端《ぱ》を抱《かか》えて、子どもたちはゾロゾロとおたか山へ向かった。

センセイが目をつけていた大木は、大きくどっしりとした枝ぶりも見事な古木で、枝の間に板を渡せば、けっこう広い基地になりそうだった。

センセイの指導のもと、桜大ら中学生は鋸《のこぎり》をひき釘《くぎ》を打ち、桃吾ら小さな子どもたちも、片付けなどさまざまに手伝い、たまに林業所の人たちも見に来たりして、夏も半ばを過ぎた頃、それはそれは立派な秘密基地が完成した。屋根があるから雨の日も大丈夫だし、大きな窓にはちゃんとガラスもはまっている。センセイは、一昨年《おととし》あたりからずっとこういう場所を作りたいと考えていた。予想以上にいいものができて、感慨《かんがい》深かった。

「バンザーイ、バンザーイ、バンザーイ！」

完成式では全員で万歳三唱をした。

子どもたちは、秘密基地へ自分の宝物やおもちゃを持ち込んで好きに過ごした。

そしてセンセイは、小さな子どもたちを集めては、毒のある動物、虫、植物とその対処法などを教えた。その講師には、桜大やナオキが選ばれることもあった。年長の子どもたちが、「こういうことはするな」や「ここへは行くな」と言うと、小さな子どもたちはよく従った。

村の子どもたちに、新しい「大切な場所」が一つ増えた。桜大も桃吾も、昨日は山へ、今日は川へ、明日は秘密基地へと、毎日毎日忙しかった。


夏がそろそろ終わりに近づき、朝夕が急に冷え込んで、森の木々がいそいそと色づき始めた。

おばぁが揚《あ》げてくれた芋天《いもてん》を持って、桜大と桃吾は秘密基地へ行った。

基地には誰もいなかったので、二人は芋天をつまみつつ、本を読んだ。森は静かで、基地の屋根に降る落ち葉の音が、かさりこそりと響く。鳥の声が、遠くに近くに聞こえる。そろそろ紅葉の準備をし始めた森に射し込む光も、深い黄金《きん》色に色づいていた。

桜大は、完成した基地を見た時、基地を載せている大木の枝が、まるで基地をそっと包んでいるように見えた。基地の中で木の香りに包まれ静かにしていると、この大木の一部になっているような気がした。

ここで本を読んだりして静かにしていることは、桜大は嫌いではなかった。さっきから桃吾も、黙々と絵本を読んでいる。黄金色の秋の光の中で、時間がとまっているようにゆったり流れていた。

その時、ふと桜大の目に止まったものがあった。

部屋の隅っこ。みんなの宝物やらガラクタやらがごちゃごちゃと積まれたわずかな隙間《すきま》、埃《ほこり》のたまったそこに、点々と何かの跡がついていた。光の加減で、偶然に見えた感じだった。桜大は匍匐《ほふく》前進で側まで這《は》っていき、よくよく眺《なが》めてみた。

「なんな？」

桜大のその様子に、桃吾も後ろから覗《のぞ》き込んできた。

白い埃の上に浮かんだ模様は、米粒ほどの足跡だった。

「ネズミかの？」

二人は頭を捻《ひね》った。鼠《ねずみ》にしては、足跡はやけにまっすぐで、まるで砂の上を人が歩いた跡のようだ。

「誰かおるんかあ?」

のそりと、センセイがやってきた。

「センセイ!」

「おお、お前らか。お、芋天!」

「センセイ、センセイ!　これなんな?」

桃吾はセンセイを部屋の隅へ引っ張ってゆき、その不思議な足跡を見せた。

「ほ〜〜〜ぅ…」

芋天を食べながら、センセイもまじまじと眺めた。

「ネズミやろうか?」

桜大が訊ねると、センセイはニヤリと笑った。

「い〜や。こりゃあ、森の妖精《ようせい》が来たんやな」

「妖精!?」

桜大と桃吾は、顔を見合わせた。

センセイは胡座《あぐら》を組んで座り直すと、しみじみと天井を見上げた。秘密基地は、みっしりと繁った大木の枝に包まれている。センセイは、その豊かな枝葉を見ているようだった。

「こんだけ大きくて豊かな森や。そりゃあ、いろんなもんがおるさぁ。キツネやタヌキやリスの他にもなあ」

桜大は、うんうんと頷《うなず》く。

「妖精も天狗《てんぐ》もおる。鬼もおるやろう」

「鬼もか⁉」

桃吾は、目を丸くした。

「神様もおる」

「……うん。おるな。絶対おるな！」

桜大と桃吾は、頷き合った。

基地の周りには、森のいろんな動物がやって来た。木の実をおいたエサ場には、小鳥やリスや鼠《ねずみ》が。周りの草むらには、狐や狸や鹿が行き来し、夜になると木々の間をムササビが飛んだ。

そして今、動物や虫とは別のものがやって来るようになったのだ。不思議なことはいろいろ見聞きする桜大だが、こんな風に、はっきりとその存在した跡を見たのは初めてだった。とても嬉《うれ》しくなった。センセイも、とても嬉しそうだった。

「桜大、桃吾。このことはお父やお母には言うなよ。妖精のことは、騒がんとそっとしとこう。他のみんなにもそう言うで」

「うん」

「そっとしといたら、妖精はまたきっと来てくれるからな」

「うん！」

桜大と桃吾は、その日はずっと妖精の足跡を眺めていた。

足跡は、あくる日には埃とともに消えていた。


鎮守《ちんじゅ》様が山へお帰りになった翌日。山へ入っていた役場の者たちが体験したことが、村中に広まっていた。村中どこへ行ってもその話で持ちきりで、豆腐屋《とうふや》で、雑貨屋で、郵便局で、村人は寄ると触ると、鎮守様は本当にいらしたのだと言い合った。もちろん、役場の者たちが感じた気配は、ただ単に、風か動物が通ったものに過ぎないと言う者もいた。

「こういう話が大好きなセンセイは、どう思うんじゃろう?」

桜大は、センセイの意見が聞きたくなった。

「ええ話じゃぁ〜」

センセイは、しみじみと煙草を吹かした。

「神様が生きとることを実感できるらぁて、なかなかないで。大昔ならいざ知らず、今の時代はなぁ〜」

「センセイも、あれはやっぱり神様やと思うで?」

「そう思うた方がええに決まっとる」

センセイは、きっぱりと言った。

「そう思うて、畏《おそ》れて、敬《うやま》う心を持った方がええに決まっとる」

センセイの言葉に、桜大は大きく頷く。

「人間には、知恵と技術がある。これは素晴らしいことや。でもな、だからというて、なんもかも人間の自由にできると思うたらあかんのや。すごい力というのは、恐る恐る使わんとあかんで。人間より大きな力を持った存在がおって、間違うたことをしたら叱られると畏れなあかんで。そんな風に生きた方がええに決まっとる」

桜大は、うん、うんと頷いた。

「こんな話がある。つい最近の、ホンマに起きた話や」

神罰下った

とある村の祭りは、寒い時期、二月七日と決まった日にちに行われていた。都会からそう遠くないこの村は、祭りに観光客に来てもらおうと、客が来やすいように、三月の最初の日曜日に、祭りの日をずらした。

祭り当日。村一帯は、ものすごい雷雨に見舞われた。

祭りの関係者、村人一同、震《ふる》え上がって、ただちに祭りの日をもとの日にちに戻した。

村が祀《まつ》っていた神は、雷神様《らいじん》だったのである。

「雷神様が怒ったんや！」

桜大は、顔を輝かせて言った。

「どうや、素晴らしい話やろう！　実際に神罰を下す神！　ええなあ！」

センセイは、子どものように楽しそうに、嬉しそうに笑った。

「日本の神様は、こういうわかりやすい神罰を、もっと下すべきやな。でないとこの先、日本はどうなるかわからんで。経済成長せなあかんのはわかるけど、自然をどんどん壊したり、伝統文化をないがしろにしてええことらぁ、一つもない」

センセイの言葉を聞き、桜大は、ふと不安になった。

「黒沼村も……いつかはそうなるんやろうか？」

「時代の波に逆らえん時も来るやも知れんが……。そうか、お前はそういう体験をしたんやったな」

桜大は、小さく頷いた。

そういう体験。

黒沼村も、時代の波とやらに翻弄《ほんろう》されそうになったことがある。

昔からの村の考え方と、時代に合わせた新しい考え方が衝突した時だった。

その中心にいたのが、桜大だった。

黒沼

桜大が、小学生に上がる前だった。

黒沼の森に、キャンプ場を作る話が出た。豊かな森は、素晴らしいキャンプ場になると言われた。都会からたくさんの人が来るのは間違いないと。役場はその方向に動き出し、その企画の責任者を任《まか》されたのが、桜大のお父だった。しかし、村人たちの意見は分かれていた。特に、桜大のおばぁは、強硬に反対した。

「黒沼の森を切り拓《ひら》いてキャンプ場にするらぁて、とんでもねぇこった。あそこは神様の土地なんじゃ。人間が勝手をしていい場所じゃねぇんで」

ふだんおだやかなおばぁからは考えられないような強い調子で、おばぁは皆に説いて回ったが、村人の中には、そんなおばぁをせせら笑う者もいた。

「今時、神様じゃタタリじゃ言われてものぉ」

黒沼の森が神秘的な場所だと、村人たちもそう感じるものの、そこを侵せば神が怒り、神罰が下るとまでは思えない。「神罰」などと口に出すことが、やはりいかにも時代遅れで馬鹿《ばか》げている気がする。神様などいないと言う者に、皆もごもごと口をつぐんだ。

しかし、事は起きた。

それは、村人皆で、キャンプ場の是非《ぜひ》を決める最後の話し合いの夜だった。

桜大が、忽然《こつぜん》と姿を消したのだ。

熱を出して、薬を飲んで寝間《ねま》で寝ていたはずだった。空っぽの布団を見て、お母が、村民会館に出席していたお父のもとへ駆け込んできた。話し合いは中断し、村人総出で桜大を探したが、さっぱり見つからなかった。いよいよ県警に協力をという時に、おばぁが言ったのだ。

「黒沼を探せ」

と。

夜、小さな子ども一人が行けるような場所では到底ない。皆は、おばぁは頭が変になったと思った。しかし、桜大は、黒沼にいた。

探しに行った、お父はじめ村の男たちは、その場に棒立ちになった。

森の奥の奥。大人でも、蛇よけの棒で辺りを突きつつ、汗だくになってようやくたどり着く、奇妙にぽっかりと開けたそこに、月明かりに煌々《こうこう》と照らされて、桜大はたった一人で踊っていた。楽しそうににこにこしながら、右に左に手をひらひらさせて。まるで、見えない群舞《ぐんぶ》の、舞い手の一人のように。

お父が飛びつくと、その腕の中にかくんと倒れ、桜大はすやすやと眠った。

翌日、何事もなかったように起きた桜大は、

「狐面の子どもに誘われて、祭りに行った。大勢の人と踊って、飴を食べて楽しかった」

と話した。

これを、夢遊病か何かだろうと言う者は、誰一人いなかった。お父は、キャンプ場の企画の責任者を降り、それを合図のように、この話は立ち消えとなった。

この件に関して、桜大の記憶は急激に薄れてゆき、今ではほとんど何も思い出せないこともあって、村人たちも、この件は口に出さないことになっている。

・

「お前を、無事返して下すった黒沼の神様には、ほんま感謝するで。命を取るか、連れ去ってしまうこともできたろうに、慈悲深いお方や」

センセイは、この話を桜大のおばぁから聞いた。

「だから、キャンプ場開発はやめようと、村の意見がまとまったんで。自分らのすぐ傍《そば》に、神様が生きて存在していらっしゃることを実感できて、村の人らにも良かったと俺は思う。それで、村が時代の波から取り残されて廃《すた》れていくとは思えん」

いなくなった桜大が、なぜか黒沼にいた事実は認めるものの、実際に黒沼にいた桜大の姿を見た以外の者の中には、やはりどうしても、それが「神のしたこと」だと思えないという意見もあった。桜大のお母もそうだ。そこには不思議な何かがあったのだろうが、それを実感できない。

「もちろん、そんな人もおるろう。ちゅーか、そういう人が大半やろう。俺も昔はそうやったもんな」

センセイは深く煙草を吸い、長々と煙を吐く。

「人間の中から、どんどん畏《おそ》れや敬《うやま》いがなくなっていく。それは、科学や技術が発達していくのと引き替えなんやろう」

「人間から、畏れや敬いがなくなってしもうたら、どうなるん？」

不安げな桜大に、センセイは優しく微笑《ほほえ》んだ。

「さぁなあ。うまいこと、科学と自然の折り合いがつけばええけどなあ」

センセイは、桜大の頭をぽんぽんと叩《たた》いた。

「せめて俺らは、村の自然と神様を守ろうと、子どもへ、孫へ伝えていこうや。俺らは、俺らの手の届く範囲のことしかやれんやろうが、それでええで」

「……うん！」

桜大は、力強く頷いた。

お守り

正月二日。センセイは、前夜トクじぃの家で飲み明かし、家に帰る途中だった。雪の積もった道をふらふらと歩いていると、前から桜大と桃吾といとこたちがやって来た。

「あ、センセー！」

「おー。いとこら、今年も来たんか。確かお前はアケミやな。中学三年や」

「うん」

「さすが都会の子やなあ。垢抜《あかぬ》けとるなあ。お前はコウジ。アケミの弟で……小学四年生。お前は……サトコ。小学六年や」

「当たりー」

「センセイ、よう覚えてるな」

アケミ以外の子どもたちは、皆楽しそうに笑った。アケミは、皆から一歩引いている感じだ。センセイは、心の中でクスリと笑った。

（十五歳の女の子か……。難しいお年頃やな）

都会の子どもらしく、ファッショナブルなアケミ。こんな田舎《いなか》にいるのは、親に連れられて仕方なくなのだと、いかにもそう言いたげなのが伝わってくる。

「センセイ、アケミちゃんな、芸能プロダクションにスカウトされたんやで！」

桜大が、顔を輝かせて言った。

「ホンマに？　すごいやん！　美人やもんなぁ、アケミ。ファッションも決まっとるし」

センセイにもそう言われ、アケミは、ちょっとだけ頭を下げた。

（なるほど。ますます、こんな田舎におる場合ちゃうってわけか）

センセイは、苦笑いした。

「歌手とかになるんや？」

アケミは、首を振った。

「スカウトされたってだけ。名刺《めいし》貰って、連絡してほしいって」

「そうか。デビューには、まだちょっと早いか。でも、すごいなあ」

「すごいなぁ！」

「すごいなあ」

皆に褒められて、アケミはようやく口許《くちもと》をゆるませた。その時、

「どけ――っ!!」

という怒鳴り声とともに、カブがすごいスピードで走ってきた。と思ったら、桜大たちの手前で、グラグラッと揺れた。

「あぶない！」

カブは、桜大たちへまっすぐ突っ込んできた。センセイは、自分の近くにいた、桃吾、コウジ、サトコを抱えると、雪の積もった土手へダイブした。視界の端に、アケミをかばう桜大が見えた。

ガシャ――ン!! と、カブが横転した。

やわらかく降り積もった雪が、子どもたちを守ってくれた。桃吾、コウジ、サトコは無事だった。

「桜大！　アケミ！」

桜大は、アケミをかばってその場を飛び退《の》き、二人も土手に倒れ込んでいた。カブはそのすぐ傍で横転していた。運転手は投げ出されていたが、無事だった。

カブは、桜大らにぶつかることはなかった。しかし、荷台にくくりつけた作業箱の中身がぶちまけられ、一本の鎌《かま》が、桜大の腹に突き立っていた。

「桜大!!」

「オウちゃ……！」

センセイとアケミは、真っ青になった。自分の腹に、深々と刺さった鎌を見て、桜大も青くなった。桃吾たちも立ちすくんだ。

「じっとしてろ、桜大！　触ったらいかん！」

と、センセイが駆け寄って来た時、ころんと、鎌が地面に転がった。

「？」

桜大の服には、鎌が刺さった穴が開いていた。しかし、鎌にも、服にも、血がついていない。立ち上がってみても、桜大は痛くも苦しくもなかった。

「桜大、大丈夫か？」

センセイに問われ、桜大はコクコクと頷《うなず》いた。センセイは、桜大の服をめくってみた。桜大は上着の前を開けていて、鎌はその間から、下のトレーナーに刺さったらしく、トレーナーと下着のシャツに穴を開けていた。だが、身体にはなんの傷もない。

「服だけで……すんだの……？」

アケミが震えながら言った。

そんなはずがなかった。センセイも桜大も、アケミも見た。桜大の腹に、鎌が突き立っていたことを。その湾曲《わんきょく》した刃は、半分以上もトレーナーの中に埋もれていた。鎌の切っ先は鋭く尖《とが》っており、身体に当たったが最後、間違いなく突き刺さるはずだ。

「！」

桜大の腹を探っていたセンセイが、何かを取り出した。

それは、お守りだった。

「あ……」

おばぁが、黒沼の事件のあと、毎年産土神《うぶすながみ》様から授かって桜大に身につけさせていたお守り。今では、桃吾はもちろん、村の大半の子どもたちが首から提《さ》げている。

桜大のお守りは、紐《ひも》が切れて脇腹《わきばら》の方へずれ落ちていた。

「桜大、見てみ」

お守り袋から取り出された守り札は、真っ二つに割れていた。

「お守りが、守ってくれたようやな」

センセイが、やさしく微笑んだ。桜大は、手渡されたお守りを見つめた。鎌の切っ先が偶然木製の守り札に当たり、だから桜大の身体に刺さらずにすんだ。それだけかも知れない。だが、とてもそれだけだとは思えない。桜大は割れたお守りを握りしめ、深く、深く頭を下げた。それを、アケミが青い顔のまま見つめていた。

「オウちゃん、大丈夫なん？」

心配そうに寄ってきた桃吾たちに、桜大は笑顔で、割れた守り札を見せた。

「お守りが、身代わりになってくれた」

「えっ、ホンマ!?」

桃吾は、首下をがさごそすると、自分のお守りを出した。

「これが守ってくれたん？」

「ホントに？　ホントにぃ？」

「あたしも欲しいなぁ」

コウジもサトコも、興味津々《きょうみしんしん》だ。

センセイは、地面に伸びている暴走運転手を締《し》め上げた。

「コラアッ！　お前、酔っとるやないか！　酒飲んで、こんな雪道暴走しよって！

あやうく子ども殺すとこやったぞ!!」

運転手は、へべれけだった。

「サトコ。駐在さんの場所、知っとるな。呼んできてくれ」

サトコは頷いて、駆け出した。

「あ、俺も……」

と、コウジがついて行こうとした。しかし、

「コウジ！　帰るよ！」

アケミが、大声を出した。皆、ぎょっとした。アケミの顔色は悪かった。

「え……でも、みんなで神社へ行くんだろ!?」

「いいから帰るの！　もう、帰る!!」

戸惑うコウジの腕を乱暴に取ると、アケミは来た道を戻り始めた。桜大も桃吾も、センセイも、呆気《あっけ》にとられた。

アケミは、一度だけチラリと桜大を見た。

異質なものを見るような目つきだった。


桜大の身体に異常はなく、運転手は、駆けつけた駐在に引き渡された。

センセイは、子どもたちを連れて産土様へ参り、桜大に新しいお守りを授かった。サトコも欲しいと言ったので、アケミとコウジの分も授かった。

しかし、桜大らがお守りを持って家に帰った時、アケミの家族は帰り支度をしていた。予定では、明日もいるはずだったのだが。

「アケミが、どうしても帰るゆうて駄々《だだ》こねての。一人でも帰るゆうてわめいて、えらい騒ぎだで」

と、おじぃが苦笑いした。

「なんぞ、あったんかの？」

桜大にも、わからなかった。

まだ帰りたくないと膨《ふく》れっ面をしているコウジにお守りを渡すと、とても喜んだ。
桜大は、一人で荷物をまとめていたアケミのもとに行き、お守りを渡そうとした。しかし、

「気持ち悪い……！」

アケミは顔を歪《ゆが》ませ、お守りを拒否した。それは、お守りと、桜大にも向けられた感情だった。

「アケミちゃん……」

「そんな気持ちの悪いの、いらない！　だから田舎《いなか》って嫌《いや》なのよ。もう来たくない！」

顔をそむけてそう言われ、桜大はショックを受けた。

アケミの家族は帰ってしまったが、サトコと桃吾が、お守りが桜大を守ってくれたことを興奮しながら話し、その日は賑《にぎ》やかだった。しかし、桜大は複雑な気持ちを抱えたままだった。

正月の三が日、センセイは、あちらの宴会、こちらの集まりからお声がかかり、一日中酔っ払い、家にも帰れなかった。家に帰ろうとしたその道々で、

「おー、センセイ。おめでとうさん。まあ、一杯やっていけや」

と、呼ばれるのだ。どの家にもうまい酒とうまい肴《さかな》があり、お父やおじぃから「今年は、サルタケ酒がすこぶるええ出来での」などと言われると、とても断れない。お母やおばぁから「猪肉《ししにく》の味噌《みそ》漬けがあるで。炙《あぶ》ったらうまいでの」などと言われると、ますます断れない。四日の昼頃、センセイは、ようやく家に帰ってきた。

家に入ると、猫たちがニャーニャーと寄ってきた。飯をくれと言っているらしい。

「なんや、お前ら。ずっとここに居たんか？　腹が減ったんなら帰れよ、自分ちへ」

外は雪が積もっているので、猫たちは出たくないようだ。台所の隅に、鼠《ねずみ》の残骸《ざんがい》が散らばっていた。

「猫もたくましいの」

センセイは、釜《かま》に残り、カチカチになっていた飯に、貰《もら》い物の鮎《あゆ》の干物を混《ま》ぜて粥《かゆ》にし、猫たちにやった。自分は、これも貰い物の、味噌をつけた握り飯を囲炉裏《いろり》で焼

く。

雪がすべての音を吸い込み、村はとても静かだった。新年の祭りもすみ、今日から役場も商店も営業を開始し、新しい一年が始まっている。また、いつもの日常が戻ってきた。

賑やかな宴《うたげ》も大好きだが、一人で静かに過ごすのも大好きなセンセイは、二日酔いの迎え酒を楽しんだ。囲炉裏の灰の中に埋めた陶器で酒を温める。網の上でじりじり炙られる握り飯の、香ばしい香りが囲炉裏端に漂った。熱い酒をキューッとやると、身体がたちまち温まった。

「はぁーっ、最高やあ」

「あつかん」

「!?」

センセイは、振り向いた。飯を食べ終え、毛繕《けづくろ》いしている猫たちがいた。三毛猫のミケが、センセイの方を見ていた。

「熱燗《あつかん》？　今、熱燗て言うたか？」

ごんごんと、玄関の戸が叩かれた。

桜大のおじぃだった。

「ちょっと、ええかの？」

「もちろんやで。ささ、上がってや」

おじぃは、白菜の漬け物を持ってきた。

「うおー、うまそうや。ちょうど、焼握りを食うところやったんで。ありがたい！」

センセイは、味噌焼き握りと白菜、おじぃは白菜を肴に熱燗をやる。

「二日の日は、桜大が世話になったの」

「いやいや、俺はなんもしとらん。桜大を守ったんは、産土様のお守りやで」

おじぃとセンセイは、軽く笑い合った。

「その桜大のことなんやがの……」

「どうかしたか？」

おじぃは、酒をぐびりとやってから言った。

「高校へ行かん言うての」

「……………」

黒沼村には、高校がない。一番近い高校でも、車と電車で三時間はかかる。村の子どもたちは、高校に入学すると寮《りょう》へ入ることになる。村を出て行くのだ。

桜大は、進学するなら農業高校と決めていた。それは、一般校のさらに遠くにあったが、おじぃの勧めもあって、桜大は進学する気だったらしい。

「それが、急に行かんと言い出したと?」

おじぃは頷いた。

「一般校へ進路を変えたんでもねぇで。中学を出たら、すぐに家で農業をやりたいと言うての。村を出たくねぇと。なんで、急にそんなことを言い出したんか……。センセイ、なんぞ心当たりはないろうか?」

「ん〜……」

センセイは、考え込んだ。

「孫が、わしの跡を継いで農業をしたいと言うてくれるのは嬉しいことや。けどの、それでもこれからは、高校ぐらい出とかんといかんで。桜大も桃吾も、高校出してやれるぐらいの金ならある。ずっと村におりたいという気持ちもわかるが、いっぺんぐらいは、外の世界を見てこんと」

「ああ、大事なことやな」

おじぃは、膝《ひざ》に乗ってきた猫を撫でた。ごろごろと心地《ここち》好い振動が、おじぃのごつごつとした手に伝わった。

「まぁ、桜大はまだ中一だで。これから気持ちも変わるやろうが……時間もあるし……。けど、いっぺん桜大と話してみてくれんか。桜大はあんたを慕《した》っちゅう。あんたの言うことなら聞くやろう」

おじぃは、桜大の心が急に変わったことを心配していた。何か、あったのだと。その何かが、桜大に悪い影響を与えてはいないかと。それが一番心配だった。

センセイも同じ考えだった。高校進学云々《うんぬん》は置いといて、その何かを聞き出すのが第一だと思われた。

通り行くもの

学校が始まる前日だった。桜大は、雪の山道を歩いていた。

ちらちらと小雪の舞う、おたか山《やま》。ここは猟場ではないので、誤って撃《う》たれる恐れはないが、それでも冬の山には誰もいない。動物たちの気配も乏《とぼ》しく、たまに鳥の声が聞こえ、木の枝から雪が落ちる音がするぐらいだった。

桜大は、一人になりたかった。少しの間だけでもいいので、誰とも口をききたくなかった。知った山道を、わだかまった雪を避《さ》けながら歩く。山の中は暗く、色を失って灰色の世界になっていた。鳥の声がやむと本当に静かで、耳が痛くなるようだった。

桜大は、なんだか自分の世界が閉じて、小さく小さくなるような気がした。

ちりーん……

「!?」

静まり返った山道の向こう。微《かす》かな音がした。

（なんな？）

ちりーん……

桜大は、立ち止まった。

（お鈴《りん》？）

こんな山の中で、鈴の音がするのはおかしい。

ちりーん……

（気のせいやない……）

鈴の音は、こちらに向かって来ているようだった。

ちりーん……

桜大の心臓が、ギュッと縮まった。悪い予感がした。

（これは……良うないもんや）

ここにいてはいけないと、思った。鈴の音と出遭《であ》ってはいけないと。鈴の音は、こちらにやって来る。ここにいては、出遭ってしまう。

桜大は、元来た道を帰ろうとした。しかし、身体が動かなかった。足が震《ふる》えて力が入らない。

（あ、あれ？　あれ？）

ちりーん……

鈴の音が、いっそう近づいてきた。近づくほどに、怖《おそ》ろしい存在だとわかる。その恐怖に、桜大の心より先に、身体が捕らわれてしまった。怯《おび》えた身体が、言うことをきいてくれない。

(か、神様！　産土様《うぶすな》！　お助け下さい!!)

こわばった身体で必死で逃げようとしながら、桜大は祈った。

ちりーん……

(ああ！　すぐそこや！　もう、すぐそこにおる!!)

汗だくになり、ぎしぎしと軋《きし》む身体で、桜大はようやく後ろを向いた。

そこに、見知らぬ男が立っていた。

「!!」

桜大は、悲鳴を上げそうになった。

男は、黒いシャツ、黒いコート、黒いズボン、黒い靴の、真っ黒い姿をしていた。

それは、白い雪景色の中でいっそう黒々として、桜大を脅《おびや》かした。桜大の膝《ひざ》から、ガクンと力が抜ける。しかし、桜大は男に、ぎゅっと抱《だ》かれた。

男は、胸の中に桜大を抱き込み、左手でその肩をしっかり支えると、右手に持っていた瓶《びん》から透明な液体を垂《た》らしながら、くるりと一回転した。そして、

「しー」

と、桜大に言った。桜大は、わけがわからなかったが、とにかく男にしがみついて

頷《うなず》いた。

ちりーん……

鈴《りん》の音とともに、さく、さく、さくと、雪を踏みしめる音が近づいてきた。

さく、さく、さく。

さく、さく、さく。

足音が、桜大の前を通り過ぎてゆく。男の胸に顔を埋めていた桜大だが、横目をうっすらと開けてみた。

何も見えなかった。ただ足音と鈴の音だけが通り過ぎてゆく。道に目を落とすと、雪の上に踏み跡がついていた。数人が連なって歩いているような踏み跡。そして、ちらりと、通り過ぎるモノの足が見えた。白い脚絆《きゃはん》に、白い足袋《たび》。草鞋《わらじ》を履いていた。

ちりーん……

灰色の暗い山道を、鈴の音が遠ざかってゆく。

さく、さく、さく。

さく、さく……。

ほどなく、それは道の向こうへ消えた。

鈴の音がしなくなり、桜大の緊張も解けた。大きく息を吐《は》くと、身体に温かみが戻ってきた。

「行ったか。あぶなかったな、坊主」

男が言った。よく通る、いい声だった。桜大は、この男は自分を守ってくれたのだと、やっとわかった。

よく見ると、若い、ハンサムな男だった。センセイと同じか、少し若いくらい。涼《すず》しげな目元。長い黒髪を後ろで束《たば》ねている。大きな黒い鞄《かばん》を背負っている。旅行者だろうか。

「おっちゃん、誰な？」

「おっ……!? お前、ミオ……、センセイを知ってるな？」

「おっちゃん、センセイの友だちなん？」

「そうだ」

桜大は、ほっとした。

男は、煙草を咥《くわ》え、火を付けた。その煙草からは、どこか香《こう》のような香りがした。

「今の、なんなん？」

桜大は、道の向こうを不安げに見つめた。

「七人《しちにん》ミサキといってな。死霊《しりょう》が七人連《つら》なったもんだ」

「死霊って……、幽霊？」

驚く桜大に、男はニヤリと笑って言った。

「幽霊は幽霊でも、怨霊《おんりょう》さ」

七人ミサキは、強い恨《うら》みを呑《の》んで死んだ者の集団で、遍路《へんろ》の姿をしている。これに行き当たると、祟《たた》り殺されるという。そして、殺された者は集団の中に取り込まれ、その代わり、死霊のうちの一人が成仏《じょうぶつ》する。また、悲惨な事故や事件で七人の死者が出た時、その七人はミサキとなり、次の七人を殺さなければ成仏できないといわれる。

「そ、そんな怖いもんが、おたか山におんの？」

この男が現れなければ、自分は確実に死んでいたのだと実感し、桜大は肝《きも》が冷えた。

「あれは、〝通り行くもの〟でな。たまたまこの山を通って、たまたまお前が出遭っただけだ。あれは、日本中をぐるぐる回ってるのさ」

ではいつの日か、またこの村にやって来るのだろうか。桜大は、怨霊の去った道の向こうを見つめ続けた。身代わりを祟り殺すことでしか成仏できない魂を、怖ろしく、また哀れに思う。桜大は、手を合わせようとした。それを、男が止めた。

「やめとけ。へたな情けをかけるんじゃない。あれは、人の思いが通じるようなものじゃないんだ」

桜大は、男の言うことがいまいちわからなかった。そんな桜大を見下ろして、男は言った。

「怨霊どももな、出遭う相手をすべて祟り殺せるわけじゃない。心身ともに健康な奴なら、怨霊だって手が出せない。お前、ちょっと霊感があるみたいだな、坊主……ってその前に、何か悩んでねぇか？　マイナスなエネルギーは、マイナスなエネルギーを呼んじまうもんなんだぜ」

男にそう言われた桜大は、ギュッと胸を衝《つ》かれた気がした。

「ソラヤ！　よう来てくれた。久しぶりやなあ！」

「元気そうだな、ミオ」

親しげに抱き合う二人。センセイは、男を「ソラヤ」と呼び、男はセンセイを「ミオ」と呼んだ。

囲炉裏《いろり》の温かい炎の前で、桜大は甘いホットミルクを、ソラヤは熱燗《あつかん》を出された。

「囲炉裏で熱燗。いいねぇ。いっぺんに温まるねぇ」

と、ソラヤは喉《のど》を鳴らした。ミルクの匂《にお》いを嗅《か》ぎつけた猫たちが、桜大を囲む。

ソラヤに七人ミサキの話を聞いたセンセイは、桜大の肩を抱き寄せた。

「怖かったろう、桜大。無事で良かったの」

そう言うセンセイの優しい垂れ目を見ると、桜大はいろいろな思いがこみ上げてきた。涙の零《こぼ》れた頰《ほお》を、猫が舐《な》めてくれた。

「ありがとう、ソラヤ。また、助けられたの」

「今度も山神に呼ばれたよ。村に入ったとたん、襟首《えりくび》つかまれて、坊主のとこまで引っ張って行かれた」

熱燗を飲みながら、ソラヤは笑った。

桜大は、ハッと気づいた。自殺したセンセイを助けたのは、このソラヤなのではないかと。

「おっちゃん……山神様と話しできるん？」

「おお。ソラヤはな、桜大。本物の魔法使いやで」

「ま、魔法使い⁉」

ソラヤを見る桜大の目が、パチクリとなる。

魔法使い

「ソラヤは、俺に、神仏やあの世や妖怪《ようかい》や幽霊のことを教えてくれた先生や。そういう専門家なんで。霊能力者とか超能力者とか、聞いたことあるやろ」

霊能力者は、あまり馴染《なじ》みはなかったが、超能力者なら桜大も聞いたことがある。テレビや雑誌で時折特集されていて、子どもたちも大好きな話題だった。

「テレビとかに出てくる奴《やつ》はちょっと怪《あや》しいけど、ほんまもんの能力者っちゅーんは、確かに実在するんで。ソラヤがその一人や」

桜大は、あらためてソラヤを見た。どう見ても普通の人間だった。しかし、七人ミサキから桜大を守った時の、儀式めいた行動。あれが魔法だったのかと、桜大は思った。それを見透《みす》かしたように、ソラヤが言った。

「御神酒《おみき》で円を描くと、それが結界になるんだ。死霊には、俺たちの姿が見えなくなるってわけさ」

桜大は、背中がゾクゾクした。本当に魔法使いなのだと感じた。

「ソラヤは生まれつき霊能力があっての。これは家系なんやて。兄貴は、今は坊《ぼん》さんやったな。ソラヤは、あちこち旅しとるんやが、これも仏様のお告げなんや」

ソラヤが三歳の時、千手観音菩薩《せんじゅかんのんぼさつ》が降り来て「我がもとにて修行せよ」と告げた。両親はそれに従い、ソラヤをお告げのあった寺に預けた。それ以来、ソラヤは家を出たまま、たまに里帰りするだけになった。寺での修行を終えた後は、放浪の旅に出た。

「一つ処《ところ》に留《とど》まることなく、方々で人助けせよって言われたよ。俺の力は大きすぎて、あちこちにばらまかないと、俺のためにも良くないんだとか」

「観音様が……そう言うたん？」

目を丸くしている桜大に、ソラヤは軽く笑いながら答えた。

「この村の山神は、お前のことを心配してるぜ、桜大。あの世と通じるところがあるからこそ、あの世から引かれることがある。さっきみたいにミサキに遭ったり、黒沼の主《ぬし》に白羽の矢を立てられたりな」

ソラヤが、なぜ黒沼の事件のことを知っているのかと、桜大はどきりとした。

「山神に聞いたんだよ」

ソラヤは、こともなげに言った。

「……おっちゃんは、怖がられたり、気持ち悪いとか言われたことない？」

「あるさ」

軽い答えだった。

「目に見えないものを扱うんだから、胡散臭《うさんくさ》がられるのは当たり前だよ」

その言葉の響きは軽かった。しかし、桜大の胸は、キューーッと絞《しぼ》られるように痛んだ。

「ソラヤを呼んだのは俺やけど、ソラヤは、山神様と通じることができる。山神様は、桜大があぶないとわかって、ソラヤを助けに行かせたんで」

桜大は、センセイとソラヤを交互に見た。

「センセイは、なんでソラヤのおっちゃんを呼んだんな？」

「お前に会わせたろう、思うてな」

センセイは、桜大の頭を撫《な》でた。

「わしに？　なんで？」

「おじぃが心配しとるで、桜大。なんぞあったんか？　もしかして……アケミのことか？」

何もかもお見通しのように、センセイは言った。桜大は、また泣きそうになった。

桜大は、アケミに言われたことをセンセイに話した。異質なものを見る目で見られ、気持ち悪いと言われたと。「これだから田舎《いなか》は嫌《いや》だ」と。その言葉に、桜大はひどく傷ついた。桜大を、黒沼村を、そこに生きる不思議を、すべて否定された気がした。

「なんで、そんなこと言われなあかんのな？　そんなに田舎と町は違うんか。そんなことう人間のおる町なんかに行きとうない！　わしはもう、ずっと村におる！」

「そういうことか……」

センセイは、苦く笑った。桜大は話を続ける。

「お母も町の人や。不思議をあんまり信じてない。お父も、村を出て町に行ってから、不思議のことをあんまり言わんようになったって、おばぁが言うてた。わしは、そんなん嫌や。町で暮らして、お父やアケミみたいになるの、嫌や！　そやから、高校へは行かん！」

単純な話だった。だが、桜大にとっては真剣で深刻な話だった。

「桜大は、ホンマに黒沼村が好きなんやなぁ」

センセイは、嬉《うれ》しそうに垂れ目を細めた。

「だがの、桜大。よ〜う考えてくれ。俺も、もとは都会の人間やで」

「それは……」

「アケミは、なんでそんな酷《ひど》いことを言うたと思う？　アケミはの、本気で怖かったんや」

「？」

「アケミは、神様の力を信じたんや。本気で信じたからこそ、怖いと思うた。信じんかったら、怖いともなんとも思わんもんで。そうやろ？」

桜大は、自分もついさっき、ソラヤを少し怖れたことを思い出した。

「自分の理解できんもんを怖がるのは、人間の本能や。そこは責められん。アケミは、目に見えん力がそこにあると信じた。でも、それがなんかわからんから怖かった。怖いから、嫌やと言うた。そういうことで」

センセイの言葉が、桜大の心に染《し》み込んでゆく。

「桜大のお父は、ホンマは目に見えん力のことを信じとる。だからこそ、黒沼の森の開発の責任者をやめたんで。お父は、その力の正体を知っとる。だから、怖れるよりも敬うことにしたんで。黒沼村の者でも、不思議をあんまり信じとらん者はおる。町の者でも、不思議を信じる者はおる。どこでも同じなんやで。お前が信じ続けるなら、どこへ行こうが、お前はお前や。心配なんぞいらん。むしろ俺は、いっぺん外へ出て行くことをお薦《すす》めする」

「なんで？」

「別の場所から見てみること。これは、大事なことなんで。ソラヤを見てみ。村の外にも、たくさんの不思議がある。ソラヤは、日本中を旅しとる。あちこちで不思議と出遭う。不思議は、日本中にあるんで。もちろん、町にもある。不思議のことに限らず、お前は、そういうことを勉強するべきや」

桜大には、まだよくわからなかった。しかし、

「まぁ、まだまだ時間があるでの。よう考えたらええ」

と、センセイに言われると、やっと素直に頷《うなず》くことができた。

その夜は、桜大はセンセイの家に泊まり込んで、ソラヤにいろいろな旅先での話を聞かせてもらった。町の様子、不思議な話、出会った人々。どれも、とても面白かった。桜大は、生まれて初めて、

「世界は広いんだ」

と、感じることができた。

早春。神社の境内にある大きな池に張った氷に、「御神渡《おみわた》り」が現れた。神主がそれを確認し、三日後、山神を迎える神事が行われた。

黒沼村に、春がきた。

太陽の光が明るさを増し、雪は次々と溶け、その下から草花が顔を出す。小鳥や虫たちが戻ってくる。畑で眠っていた土が掘り起こされ、土色が甦《よみがえ》る。黒沼村の景色は、一日ごとに、まるで絵の具を重ね塗《ぬ》りするように、色鮮やかになるのだった。

大沼川の川岸を彩る桜並木。青い空と緑の山、煌《きら》めく川面《かわも》を背に爛漫《らんまん》と咲き乱れる桜はまさに一幅《いっぷく》の絵のようで、センセイは、毎年その風景を絵に描いていた。

センセイが土手でスケッチをしていると、桜大の一家が、大荷物を抱えてやって来た。

「あ、センセー！」

駆け寄って来たのは、桃吾《しょ》。ランドセルを背負《せお》っている。

「おお、なんとええもん背負っとるの、桃吾」

「ばあちゃんからもろた！」

　桃吾は、喜びで顔を真っ赤にしていた。桜大と桃吾は、母方の祖父母のことを「じいちゃん」「ばあちゃん」と呼んで、区別していた。

　今日は、そのじいちゃんとばあちゃんが、桃吾にランドセルを持って来たのだ。これから、全員そろっての花見だった。村では、桜が散ってしまうまで毎日あちこちで花見の宴会が開かれ、センセイはまた毎日酔っ払うことになる。

「センセイも来てや。ばあちゃんの稲荷寿司《いなりずし》うまいで」

「稲荷寿司か、ええなぁ」

　桜色の木漏《こも》れ日の下に、花見弁当が広げられた。稲荷寿司におかかむすび、焼き魚、味噌漬《みそづ》けの肉、野菜の酢の物、葱《ねぎ》入りの卵焼きなど、決してごちそうではないが、そして、いつもとあまり変わらないが、

「いやいや、この桜の下で食べるだけで、充分ごちそうやから」

と、酒を片手に、センセイもじいちゃんもご機嫌だった。

「毎年、ここの桜が楽しみでねぇ」

　娘と孫にはさまれて、ばあちゃんも楽しそうに桜を見上げる。

桜大と桃吾の、この日一番の楽しみは、おばぁが作った蓬餅《よもぎもち》だった。おばぁが摘んできた蓬でこしあんを包んだ蓬餅は、深く美しい緑色をしていた。

「学校が始まったら、桜大と桃吾は毎日いっしょに登校やな」

と、センセイが言うと、桃吾はもう嬉しくてたまらないという風に身をよじった。

桜大は中学二年になり、ナオキら中学三年生は、高校入学のため村を出て行った。少し寂しいが、村の小中学校には、春から農村留学の子どもたちが転入してくるという。

黒沼村では、これまでも夏休みだけの体験留学として、都会から子どもたちを受け入れてきた。留学生は毎年来るわけではなかったが、その中には、一年を通して滞在したいという要望もあった。今回、その初の試みとして、春から一年間の留学生を募集したところ、二人の応募があったのだ。二人とも、小学生の頃黒沼村に留学体験があった子どもだった。

山農漁村留学は、全国的にもまだ制度化されておらず、黒沼村も手探りの状態だった。一年留学はまだ早いのではという声もある。今回、応募者が、二人とも黒沼村をよく知っている子どもだったのは幸いだった。

センセイも桜大も、二人には覚えがあった。コウスケは、今年小学六年生。三年前に黒沼村に来ている。アキコは中学一年。一昨年《おととし》の夏に来た。二人とも、夏休みを楽しく過ごしていたと記憶している。

「黒沼村を気に入って、今度は一年いたいと思うてくれたんなら、嬉しいことやの」

センセイがそう言うと、桜大も家族も、皆嬉しそうに頷いた。

四月一日の入学式の日。新小学一年生は、桃吾をはじめ、十一人。新中学一年生は、留学生のアキコをはじめ、十五人。コウスケも、この日村の皆が見守る式の中で紹介された。桃吾はもちろん、コウスケもアキコも、温かい拍手に迎えられて始終《しじゅう》照れくさそうだった。

「アキちゃーん！」

「マッちゃん、ユウちゃん！　あたし、来たよー！」

「待ってたよー！」

アキコには、マチコやユウコなど、以前仲よくなった友だちがいた。さっそく旧交を温める。アキコは、マチコの家に滞在することになっている。

一方、コウスケも、細々《こまごま》と葉書をやりとりしていた友だちがいた。ハヤトだった。

「よう」

「おう」

面と向かうと照れくさくて、二人ともどうしていいか、もじもじした。それが可笑《おか》しくて、桜大は笑ってしまった。そこに、中学三年に進級したアッシがやって来た。

「アキコ、コウスケ、この後みんなで秘密基地に行かんな？　わしらが去年の夏に作ったんで」

「秘密基地⁉」

子どもたちのリーダー格だったナオキの後を継いだアッシ。さすがに、もう堂々たる風格である。アッシの気配りのおかげで、アキコもコウスケも、一年留学初日の滑《すべ》り出しは上々のようだった。二人の両親が、嬉しそうに見守っている。その横にいたセンセイも、満足げだった。

アキコもコウスケも、実は問題を抱えている子どもだった。アキコは呼吸器の持病があり、コウスケはコミュニケーションが苦手で、二人ともなかなか友だちを作れず、学校になじめなかった。それぞれの親はさまざまな方法を試し、黒沼村にたどり着いた。地方への短期留学は何カ所か試したらしいが、アキコとコウスケには、黒沼村が合ったのだ。

「この子たちは、うまくやる」

センセイは、そう確信できた。黒沼村小中学校の生徒たちの毎日は、今年も楽しいものになりそうだった。

ところが、四月八日、新学期が始まった時、突然転校生がやって来たのだ。

「留学生やのうて、転校生!?」

桜大たちは、驚いた。転校生は、中学二年生。桜大たちのクラスの子だった。

七つ地蔵

黒沼村の南側にあるなだらかな山を、ひき岩山《やま》という。

ひき岩山は標高が低いので、小さな子どもたちのいい遊び場だった。小学二、三年生が、幼稚園児を連れて行ったりする。ひき岩山自体はその名の如く岩山で、山を覆《おお》う森は、子どもたちが迷うような深いものではなかった。頂上は、まるで禿《は》げたような岩場で、そこからは村が一望できた。

しかし、ひき岩山の東側に隣り合うようにしてあるのが、黒沼の森だ。小さな子どもがここに迷い込みはしないかと心配する大人《おとな》もいたが、子どもたちは、大人が考える以上に「心得ている」のだった。

ひき岩山を東の方へだいぶ入ったところの崖《がけ》に大きな窪《くぼ》みがあり、そこに湧《わ》き水が湧いていた。そしてその周辺に、大きさと形がよく似た石が、七つ立っていた。子どもたちは、その形と大きさから、七つの石を「お地蔵《じぞう》さん」と呼んだ。

子どもたちは、虫や木の実を探しに、また探検に、よく山の奥まで入って行くが、この七つ地蔵は、まるで「ここから先へは行くな」という感じに見えるのだった。

「なぜそう思うんじゃ？」

秘密基地で、桃吾ら子どもたちの話を聞いて、センセイは優しく訊《たず》ねた。子どもた

ち は首を捻《ひね》った。

「さあ、わからん。なんとなく……」

子どもたちは、七つ地蔵から先へは行かずに引き返してくる。その時、湧き水で喉《のど》を潤《うるお》すことがある。水を飲んだ後は、自然と手を合わせるという。

「なんでな？」

またセンセイに問われて、また子どもたちは首を捻った。

「森のもんを……分けてもらったから？」

首を捻りながらそう答える子どもたちを見て、センセイはますます優しく、嬉《うれ》しそうに笑うのだった。

「そんな場所があるとは気づかんかったなあ。そのうち俺も行って、お地蔵さんにご挨拶《あいさつ》してこようかの」

「他にな、センセイ！　他に、木の皮が人の顔に見えるとこがあるんや！」

「一本桜じゃ！　あそこも変な感じがする」

「するする！」

「赤目沼《あかめぬま》にカッパがおるの、ホンマかのぅ」

「怖いのぉ」

黒沼村の子どもたちには、不思議を感じる場所、畏《おそ》れを感じるものがたくさんあった。

「子どもというのは、本当に敏感な生き物じゃなあ」

子どもたちの話を聞きながら、センセイは楽しそうだった。

子どもたちの話から、七つ地蔵のある位置を推測すると、ひき岩山の東の端、ひき岩山と黒沼の森が重なり合っている場所だ。子どもたちは、本能的に「この先へ行ってはいけない」と感じているのか、あるいは、黒沼の森の神が「ここから先へは行くな」と警告しているのを、子どもたちが感じ取っているのか。いずれにせよ、子どもというのはすごいものだと、感心するセンセイだった。

ところで。新学期が始まった時に村にやってきた転校生だが。

中学二年のケンヤは、母親と二人で村にやって来た。夫婦は、離婚していた。なぜ黒沼村に来たのかというと、どうも村人の一人の遠い親戚《しんせき》らしい。

「いや、わしも知らんかってのぉ」

と、その親戚、雑貨屋「竹井商店」のタケイやんは頭を掻《か》く。タケイやんは、親戚の親戚からケンヤ母子を紹介された。タケイやんの家には、たまたま去年までおばぁが使っていた小さな家があったので、母子を引き受けることにしたのだ。母子が町から田舎へ来た理由は、ケンヤの「健康のため」ということだった。

「でもなんか……元気そうやったけど」

と、桜大は首を傾《かし》げながらセンセイに言った。

ケンヤは身体も大きく、少し太っていた。ただ、顔つきが非常に暗い感じがした。担任と教室へ入ってきた時も、クラスメイトに紹介された時も不機嫌そうにそっぽを向き、一言も喋《しゃべ》らなかった。休み時間も、桜大が声をかけても返事をせず、学校が終わったとたん、帰ってしまった。

「病気って感じはせんかったなぁ。どこが悪いんな？」

他の子も首を捻る。子どもたちの話を聞いて嫌《いや》な予感を抱きつつも、センセイは、

「まぁ、外から見るだけじゃわからん病気というのも多いからの。しばらくは、そっ

と様子を見ようや」

　と、言っておいた。

　しかし、ほどなくして、センセイの悪い予感の通り、「健康のため」というケンヤの転校理由の、本当の意味がわかった。

　ケンヤは、行動に問題のある子どもだったのだ。


「掃除なんかお前らでやっとけよ！　俺はしねぇからな！　こんなボロで臭《くせ》ぇ学校なんか、掃除したって綺麗《きれい》になるもんか！」

「ジロジロ見てんじゃねぇよ！　ブッ飛ばすぞ！」

「お前、何持ってんだ？　よこせ！　よこせよ、うらあっ!!」


　ケンヤは短気で我儘《わがまま》で、すぐに暴力をふるった。皆を田舎者だと馬鹿《ばか》にし、そんな田舎にいる自分をわざとらしく嘆き、周《まわ》りに当たり散らした。学校の勉強が町よりも遅れていることも馬鹿にし、教師にもえらそうな口をきき、注意されようが叱《しか》られようが平気で、その度にプイと教室を出て行き、連れ戻そうとする教師と廊下でもみ合いになるとか、姿をくらませたと思えば、花壇に座り込んで、花を次々と引っこ抜いていたりした。その行動は、田舎の子どもたちには驚異だった。桜大たちは、怯《おび》えるより怒るより先に、驚きのあまり目が点になっていた。なるほど、ケンヤのこういう行動が原因で町の学校にいられなくなったのだろうと、皆納得がいった。

だが、小学生も一緒の黒沼村の学校では、ケンヤのこういう行動の影響が、小さい子どもにまで及ぶのは問題だった。桃吾ら年少組は、ケンヤの様子に怯えた。年中組以上の子どもの中には、実際に脅《おど》され、殴《なぐ》られる被害者も出てきた。大人たちは頭を抱えた。

「うちのガキが、また殴られてきよった。困ったもんじゃ」

「子ども同士の喧嘩《けんか》ですむんならいいが……どうしたもんかの」

「まったく、すまんことや。後悔しとる」

「いや、タケさんのせいではねぇで」

「そうよ。それにの……ホレ」

村人が指さした先を、ケンヤの母親がとぼとぼと歩いていた。親に文句を言いたいのは山々の村人たちだったが、ケンヤの母親が一番困っているのはわかっていた。憔《しょう》悴《すい》し、途方にくれたようなその様子を見ると、何も言えなくなってしまうのだった。

「気の毒で見ておれん」

「あの母親を責めたらいかんでの、タケ」

「うん、それは……、うん」

タケイやんは、深い溜息《ためいき》をつくしかなかった。

土曜日の昼下がり。桃吾やユウヤたちが遊んでいた原っぱに、アキコとマチコたちがやって来た。

「みんなー、おやつやでー」

マチコたちが、鶯餅《うぐいすもち》を作ってきたのだ。桃吾たちは大喜びで、蟻《あり》のようにたかってきた。

「どうな？　おいしい？」

「うまい！」

「うまーい！」

アキコは、マチコたちと両手を叩《たた》き合って喜んだ。

「ほらぁ、アキちゃん。大丈夫やて言うたやろ」

「だって、あたしお菓子作りなんて初めてで……。そっか、おいしいんだ……。良かった！」

「あっ……！」

桃吾は、餅を落としそうになった。ケンヤが、こっちへやって来たのだ。全員が一瞬で緊張し、その場に固まってしまった。

「お、なんか食ってる。俺にもよこせよ」

当然のようにケンヤは言い、皿ごと奪《うば》った。しかし、餅を一口食べた後、

「田舎くせぇ菓子」

と、皿をひっくり返した。餅が地面に落ちる。

「な、何すんの！」

マチコは大声を上げた。

「こんなの菓子じゃねえよ。クソだよ、クソ！」

「何言うて……」

「うるせえ！」

ケンヤは、マチコを突き飛ばした。

「マッチャン！」

「お前、留学生ってやつだろ」

アキコを見下ろして、ケンヤが言った。アキコは、怯えて固まった。

「なんで、わざわざこんなクソ田舎に来てんだ？　バカか。お前も行き場所がなくて、仕方なくここにいるんだろ？　あっちこっち追いやられて、ここしかなかったんだよなあ」

憎々《にくにく》しげにそう言うケンヤ。しかし、アキコは、震えながらも小さく首を振った。

ケンヤは舌打ちし、顔を歪《ゆが》ませた。そして、アキコの髪の毛をつかんで、引っ張り上げた。

「きゃあっ!!」

バシッ！　と、ケンヤの腕を、マチコが叩いた。

「痛《い》てっ!!」

腕を引っ込めたケンヤの前に、マチコがアキコをかばって立った。

「アキちゃんに、触らんといて!!」

アキコを抱いたユウコも、ケンヤを睨《にら》みつける。ケンヤの顔が、鬼のように赤く膨《ふく》らんだ。桃吾たちは固まったまま、もう泣きそうだった。その時、

「ゥワンワンワン!!」

と、激しい犬の吠《ほ》え声がした。

いつの間に来たのか、大きな犬がケンヤのすぐ後ろにいた。

「五郎さん!!」

子どもたちが、一斉に歓声を上げる。

「な……何?」

五郎さんは、ゆっくりと子どもたちの方へ歩いた。ケンヤが思わず避《よ》ける。

ケンヤの前に立ちふさがるように立つと、五郎さんはケンヤを睨み、鼻に皺《しわ》を寄せて低く唸《うな》った。さすがのケンヤも、五郎さんのでかい図体と迫力には敵《かな》わなかった。

何やら悪態をつきながら、逃げるように去って行った。

「五郎さ――ん!!」

子どもたちが五郎さんに抱きつく。

「五郎さん、わしら助けてくれたんや!」

「カッコイイー!」

「やっぱり五郎さんは、村一番の男前やわー!」

アキコが咳《せ》き込んだ。

「大丈夫、アキちゃん?」

「大丈夫……薬、飲めば」

アキコは、涙を流しながらも笑顔で言った。

「マッチャンも、カッコ良かったよ」

女の子たちは、笑い合った。


日曜日。

福々堂からの帰り道だった。センセイは、桜大ら中学生が、取っ組み合いの喧嘩をしているのを見た。慌《あわ》てて止めに入る。

「待て待て、お前ら!　やめ――い!!」

殴り合っていたのは、アツシとケンヤだった。

(ああ、とうとうやってしもうたか)

と、思いつつ、センセイは、腕や足を振り回し、メチャクチャに暴れまくるケンヤをアッシから引っぺがす。身体の大きいケンヤを抱えるのは、一苦労だった。

「お前がケンヤか！　とりあえず落ち着け！　村の子らは、話せばわかる連中ばっかりやで！　落ち着いて話そうや、な！」

しかし、ケンヤはセンセイに羽交《はが》い締《じ》めにされながらも、暴れるのを止めなかった。

「うるせぇぇえ！　どいつもこいつも死ね！　バカにしやがって！　人のこと見下しやがって！　こんなとこに閉じ込めやがって！　みんな死ね！　死ねぇぇえ‼」

鼻血で血まみれの顔で吠えると、ケンヤはセンセイの腕をふりほどいた。センセイが吹っ飛ぶ。そしてケンヤは、泣きながら走って行った。センセイは、その後ろ姿をじっと見つめていた。

「センセイ！」

「センセイ、大丈夫か？」

「大丈夫じゃ。あー、イタタ。お前こそ大丈夫か、アッシ」

「顎《あご》をかすっただけじゃ」

アッシは余裕で、顎をしゃくって見せた。

「何があった？　話してくれ」

桜大らは、ばつが悪そうに顔を見合わせた。それから、昨日、ケンヤがマチコらにしたことを話した。

「さっきここで見かけたんで、年下の子ぉらに手ぇ出すなと言うたんや」

アツシや桜大らは、ハヤトやコウスケを連れて釣《つ》りに行く途中だった。ケンヤの所《しょ》行《ぎょう》は、桃吾たちが年長組に詳細に伝えていた（報告の後半は、五郎さんがいかにカッコ良かったかに尽きたが）。

アツシは、釘《くぎ》を刺すだけのつもりだった。しかし、ケンヤはアツシの話の途中で、いきなり殴りかかってきたのだ。

「アッチャンは悪うない。先に手ぇ出したのは、ケンヤやもん」

子どもたちは、口々にケンヤを非難した。

「あいつ、ホンマ何様のつもりや？　バカにしてって、それはお前のことやろ」

「何が言いたいんか何がしたいんか、さっぱりわからん」

「小さい子ぉらと女の子いじめるのはやめささな」

「まぁまぁ、みんな。落ち着いて聞いてくれ」

センセイがなだめる。

「みんなも、ケンヤが逃げていく様子を見たろう？　ケンヤもなぁ、今どうしてええかわからんのや。ホンマは、暴力ぁふるいとうないはずで。でもふるうてしまう自分を止められんのや」

「そんな風に見えんで」

アツシは苦笑い。桜大らも頷《うなず》く。

「いやいや、お前らからすりゃ、そう見えんのもわかる。だがの、これはホンマなんで。どうかわかってくれ。すぐに暴れてしまうことに、一番悩んどるのはケンヤ自身なんや。ケンヤは、悪循環《あくじゅんかん》にハマってしもうとる。それに一番傷ついとるのも、ケンヤ自身なんで」

桜大たちは、センセイの言葉を理解しようと考えた。その中で、コウスケが、がっくりと頭を垂れていた。

「コウスケ、お前ならわかってくれるろうか？」

センセイが静かに声をかける。コウスケは、ハッと顔を上げた。コウスケに向けられたセンセイの優しい笑顔。コウスケは、小さく頷いた。

「……どうやって友だちを作ったらいいか、わからなかった」

コウスケが、ぽつりと言う。

話しかける勇気がなくて、何を話したらいいかわからなくて、迷っていた。そうしたら、「陰気な奴《やつ》」と言われ、ますます友だちを作りづらくなり、ますます無口で陰気な奴になってしまった。そんな自分を、どうしようもなかった。センセイが言った「ケンヤは悪循環にハマっている」という言葉が、胸に刺さるようだった。

「僕とケンヤは……同じなのかなって……」

「でも、コウスケとケンヤは違うで！」

ハヤトが、コウスケをかばうように言った。センセイは、うんうんと頷いた。

「自分じゃどうしようもないことにイライラしたり悲しんだり、みんなも経験があるろうが？」

皆、複雑な顔を見合わせる。桜大も胸を衝《つ》かれた。

「ケンヤの場合、それを周りに八つ当たりするのは問題やが、気持ちはみんなと変わらんはずで。どうか、もうしばらく時間をくれ。ここを追い出されたら、ケンヤは今度こそ、どこへも行き場がのうなるかも知れんでの」

その言葉に頷きながら、コウスケがまた、おずおずと言った。

「黒沼村に来て、釣りとかかいぼりとかやって……。でも、僕がうまくできなくても、僕が喋《しゃべ》らなくても、誰も気にしなくて、バカにしたりしなくて、すごく気が楽で……。そしたら、ハヤトと喋れるようになって……。ハヤトもそんなに喋る方じゃなかったから、すごく楽で……」

自分が溶け込める場所があって良かったと、コウスケは心底思う。同じような農村や山村でも、合わない場所はあった。黒沼村は、コウスケにとって救いの場所だったのだ。

「行き場がなくなるって……怖い」

コウスケの言葉に、皆黙り込む。

センセイは、皆にあらためて言った。

「俺は、ケンヤがここへ、黒沼村に来たんは、きっとなんかの縁《えん》があると思うんや。コウスケのようにな。だからの、もうちょっと我慢してくれ」

桜大は、センセイがこう言う以上、何か確信があるのだろうかと思っていた。

その後数日、ケンヤは登校してこなかった。家に閉じこもっていたようだ。木曜日になって、担任が家を訪《たず》ねたが、その時にはいなかった。

その木曜日の夕方、桜大と桃吾がおつかいに出かけた時だった。桜大は、ケンヤに会った。ケンヤは福々堂の店先で、いつものように文句を垂れていた。

「こんな古くさい食いもんに、金払うのがバカバカしいぜ。これってホントに食えるのか、ババア？」

そう言いながら、ケンヤは菓子を無造作に食べていた。金を払う素振りはない。

「ケンヤ」

桜大が、声をかけた。ケンヤが、面倒くさそうに振り向く。桜大の身体に隠れるようにして桃吾はケンヤを睨んでいるが、桜大の表情がいつもと違うことに、ケンヤは気づいた。

「なんでそんな悪いことばっかりしたり言うたりするんな？　なんか訳があるんなら話してくれんか？　できることがあるんなら、わしもみんなもなんでもやるで」

ケンヤは、なんともいえぬ顔をした。驚いたような、苦しいような、悲しいような表情だった。

「お前は、これからも黒沼村におるんやろう。仲良うしようや。その方が、ずっとええって、お前やってわかるやろう？」

バサッと、ケンヤは持っていた菓子を地面に投げつけた。

「何えらそうに言ってんの、お前？　お前に何がわかるってんだ、バカか？　こんなド田舎にずっと住むわけねーだろーが！　お前らみたいな田舎もんと仲良くするわけねーだろうーが！　バ――カ!!」

叫ぶようにそう言うと、ケンヤはすごい勢いで走って行ってしまった。桜大は、その後ろ姿を見つめた。センセイがそうしたように。センセイがそうした訳が、桜大にはわかる気がした。

「オウちゃん。なんであんな奴と仲良うしよなんて言うん？」

桃吾が泣きそうな顔をしている。桜大は、黙ってその頭を撫《な》でた。

そして、その週の土曜日の、午後おそくだった。桃吾とユウヤは、ひき岩山で虫捕りをしていた。

雑木林を、カタクリの可憐《かれん》な紅色が彩《いろど》り、シジミやセセリなどの蝶《ちょう》が、さかんに飛び交っている。木の幹を這《は》い回るコガネムシの背中が、木漏れ日の中でキラリキラリと光っていた。それらに目をやりながらも、桃吾とユウヤは、もっぱらケンヤの悪口を言うのに忙しかった。

「なんであんな奴が、村に来たんな？　あんな奴いらん！」

「オウちゃんは甘い！　ケンヤなんか、いなくなればええんじゃ！」

「そうじゃ！　わしはあんな奴は大嫌いじゃ！」

「わしはもっと嫌いじゃ！」

「わしは、もっともっと嫌いじゃ！」

などと叫んでいると面白かった。しかし、

「おい、お前ら！」

と、突然後ろから声をかけられ、二人は飛び上がった。そこには、ケンヤがニヤニヤしながら立っていた。ケンヤは、ひき岩山の入り口で桃吾を見かけ、後を付けてきたのだ。ケンヤは、桜大への嫌がらせに、桃吾を脅してやろうと思っていた。

「わ――――っ!!」

ケンヤの悪口を聞かれたと思った桃吾とユウヤは、森の奥へ走って逃げた。

「待て、コラ――ッ!!」

と、ケンヤは二人を追いかけた。

「わ――、わ――っ!!」

桃吾とユウヤは、悲鳴を上げながら先へ先へ、山道を走るしかなかった。そして、とうとう「七つ地蔵」まで追い詰められてしまった。二人はここでオロオロした。ケンヤは怖いが、この先へ行くことはできない。

「おお? なんだ、もう逃げないのか?」

ケンヤは、ひどく意地悪そうに笑った。

「こ、ここから先へは行ったらいかんのや」

桃吾は震えながら言った。

「はあ? 何それ?」

「この地蔵さんと湧《わ》き水はなあ、森の神サマなんじゃゃ! わ、悪いことすると、お、怒られるで!!」

ユウヤが指さした湧き水と七つの石を見ると、ケンヤは腹を抱《かか》えて笑った。

「バッカじゃねぇの、お前ら! ぎゃはははは!!」

それからケンヤは、キッと桃吾たちを睨《にら》むと叫んだ。

「だからここは田舎だってんだよ‼　何が神サマだ――っ‼」

ケンヤは、七つ地蔵を蹴《け》り倒した。そして、湧き水に小便をした。

「神サマがいるんなら出てこいよ！　ホラホラホラ〜〜〜‼」

桃吾とユウヤは真っ青になった。しかし、何も起こらなかった。

「見ろ！　神サマなんかいね――んだよ‼」

ケンヤは勝ち誇ったように言った。それでも、桃吾もユウヤも怖ろしくて怖ろしくて、その場を逃げ出した。後ろで、ケンヤの大笑いが聞こえた。

その夜、家に帰ってきたケンヤが泡を吹いて倒れたと、翌朝にはもう村中に知れ渡っていた。

「意識がねぇらしいわ」

「センセイが、すぐに病院で診《み》てもろうた方がええと言うたらしい」

「ああ、ほいで救急車が来たんか」

「やっぱり病気やったんやないか、あの子は？」

ケンヤの問題行動は、実は病気のせいではなかったかと村人たちは言い合ったが、目を半分開いたまま昏々《こんこん》と眠り続ける症状も原因も、センセイにはわからなかった。だから、まず大きな病院で診てもらう必要があった。しかし、町の大きな病院で検査しても、何もわからなかった。

「あの子、あぶないらしいわ。意識が戻らんと、身体が弱るばっかりなんやて」

台所で夕飯の支度をしながら、桜大のお母とおばぁが話していた。それを背中で聞いていたおじぃが、ポツリと言った。

「悪いモンでも憑《つ》いたんでねぇか。どっかで悪さでもしたかの」

その言葉に、小さな胸をどきりとさせたのは、桃吾。

「お、おじぃ。おじぃは、七つ地蔵さんを知っとる?」

「七つ地蔵? ハテ、そんなんがあったかの?」

桃吾は場所の説明をしたが、おじぃは首を捻《ひね》った。桜大は、桃吾の様子がおかしいのに気づいた。

「桃吾。なんでそんなことを訊《き》くんな? お前、なんか隠してることないか?」

桜大にズバリと突っ込まれて、桃吾は泣きそうになった。ケンヤのしたことがあまりに怖ろしかった桃吾は、今まで何も言えずにいたのだ。それは、ユウヤも同じだった。

「そ、そんなことしたんか」

話を聞いた桜大も、冷や汗が出る思いがした。

「こりゃ、絶対神様が怒ったんで。なぁ、おじぃ」

「う～ん、昔からそんな場所があったかどうかは知らんが、お前らがなんぞ感じたんなら、なんかおったのかも知れんのぅ」

森や山の神の宿る場所を、おじぃが知らぬはずはなかった。とすると、ケンヤのことと七つ地蔵とは関係がないのだろうか？　しかし、桜大はいてもたってもいられず、センセイのもとへ走った。

七つ地蔵をケンヤが荒らした話を聞いたセンセイは、厳しい顔つきになった。

「おじぃはな、七つ地蔵さんのことは知らんと言うたんや。おじぃはなんでも知っとるんやけど、あそこに神様がいるかどうかは知らんって」

センセイは、桜大の肩をぐっと抱いた。

「新しく神様が宿ったんじゃ」

「新しく？」

センセイは頷いた。

「きっと、なんかのきっかけで神様が住むようになったんで。お前たちが自然と祈っているうちにとか、森の中の変化とか……」

センセイは、懐中電灯を引っ摑《つか》んで叫んだ。

「七つ地蔵の場所はどこや、桜大？　案内してくれ！」

するすると落ちてゆく夕陽に血のように染められた山道を、センセイと桜大は走った。

すっかり青い闇《やみ》に包まれた森の中に、湧き水の流れる微《かす》かな音がしていた。七つの石は倒れたままだ。

「石を起こせ、桜大。全部もとに戻すんや」

二人がかりで、倒れた石をもとのように立てる。センセイは、石についた土を手ぬぐいで丁寧《ていねい》に拭《ふ》き清めた。

「センセイ、これからどうするん？」

「これが、俺らの手に負えるもんかどうかわからん。ソラヤに頼みたいとこやが、連絡がつくのに時間がかかる。とりあえず俺らは……祈ろう」

「祈る……」

「そうや。俺らができることは、それしかない」

センセイは、桜大の顔を両手を包んで言った。

「お前を助けて下すった黒沼の神様のお慈悲に、もっぺんすがる！　お前も祈ってくれ、桜大。全身全霊で祈ってくれ!!」

桜大は、頷いた。

センセイは、七つ地蔵と湧き水の前で、がばっと土下座をした。

「申し訳ありません!!　この場所を汚したこと、幾重《いくえ》にも御詫《わ》び申し上げます！　どうか、どうかご無礼をお赦《ゆる》し下さい!!」

センセイは頭を土にこすりつけ、大声で叫んだ。桜大も慌てて土下座した。

「どうか、あの子の心情を汲《く》んでやって下さいまし！　自分の中の怒りや悲しみをどうしていいかわからず、周りに当たることしかできない幼い子どもです。必ずそれを悟《さと》らせ、謝罪をさせます！　どうか、あの子にそうする機会を与えてやって下さいまし！」

センセイの言葉を聞きながら、桜大も懸命に祈った。

ケンヤは必死なのだと、桜大は感じる。何に必死なのかはわからないが、とにかく必死に藻掻《もが》いている感じがする。意地悪で皆を苦しませようとしているのではないのだ、きっと。結果的にあんな行動をしてしまうだけ。だとしたら、センセイが言うように、それを悟ることもできるはずだ。

(そうなったらええと思います！　そうなったら、みんなと仲良うできると思います！　わしは、ケンヤと仲良うなりたいです！　ケンヤを助けて下さい!!)

桜大も、額を土にこすりつけて祈った。

「この場所を正式にお祀《まつ》りいたします！　御社《おやしろ》と供物《くもつ》をご用意いたします！　どうかお赦し下さい!!　お願いいたします!!」

「お願いいたします！」

センセイと桜大は、かわるがわる「お願いいたします」と叫んだ。

どれぐらいそうしていただろう。長い時間がたったようにも感じたが、叫び出してすぐのようにも感じた。桜大の耳元で、キーンと、妙な音がした。

（あ、この感じ……）

桜大は、「不思議」を感じた。ハッと顔を上げてみる。

湧き水の窪《くぼ》みの少し上に、白い光の玉が浮かんでいた。

「センセイ！　あれ!!」

光の玉は、ぼんやりとした明かりだった。灯籠《とうろう》の灯火《ともしび》のように滲《にじ》んでいた。センセイも桜大も、息を呑んだ。

白い玉は、二人の目の前でじっと空中に浮かんでいたが、やがてゆっくりと空へと昇り始めた。そして、どこかへ飛んで行った。

見上げた夜空に、星が瞬《またた》いている。二人はしばらく呆然《ぼうぜん》としていたが、やがてセンセイは立ち上がり、土を払った。

「さあ、帰ろうか」

「ええんか？　終わったん？」

「ああ。終わった。きっとケンヤは助かる」

センセイは、確信ありげだった。桜大は、そうだといいと思った。祈りは通じる。そう信じる。

「おお、そうじゃ、そうじゃ。この湧き水を飲みたいと思うとった」

「センセイ……そこ……」

「小便なんぞ、とうに流れてしもうとるサ。お前も飲め」

二人は湧き水を飲み、手を合わせた。

センセイは桜大を家まで送って行き、それからおじぃと酒盛りになった。桃吾を抱っこし、もう七つ地蔵のことは怖がらなくていいと言った。桜大はその夜、黒沼村の村中の神様に、ケンヤのことを祈りながら眠った。

三日後。縁側で猫の蚤取《のみと》りをしていたセンセイのもとへ、桜大が自転車で走り込んできた。

「センセイ！　ケンヤの意識が戻ったって‼」

桜大の表情は、輝いていた。

「そうか！　やったな！」

センセイも、負けじと満面の笑《え》みを返した。

春が終わろうとしている空を仰《あお》ぐ。少しぼんやりとした青空は、優しい色をしていた。その下で、新緑の季節を迎えようとしている山々が輝いているのを、心から美しいとセンセイは思った。

数日して、センセイと桜大は、ケンヤを見舞った。ケンヤが、センセイと桜大に会いたいと言ったからだ。センセイが、桜大のおじぃの軽トラを運転して町の病院まで行った。

ケンヤは、げっそりとやつれていた。命が危なかったことがわかる。しかし、ケンヤの変化はそれだけではなかった。ケンヤは、センセイと桜大を見て嬉《うれ》しそうに笑ったのだ。そして、話し始めた。

「すごく深い森の中を、何かすごく怖いものに追いかけられている夢を見てたんだ。ずっと……」

七つ地蔵を倒し、湧き水に小便をかけたケンヤは、怖ろしいものに追いかけられて森へ逃げ込む。その怖ろしいものの正体はわからない。だが、とにかくとてつもなく怖ろしくて、ケンヤは死に物狂いで逃げ回るのだった。ようやく森を抜け出すと、そこは七つ地蔵のある場所で、ケンヤはまた地蔵を倒し、湧き水に小便をする。すると、また怖ろしいものに追いかけられる……。ケンヤはこれを延々と繰り返した。延々と繰り返すが、繰り返す度に恐怖は増し、喉《のど》は焼けるように渇き、身体は疲れ、痛んだ。手足は枝や石で怪我《けが》をし、血まみれになってゆく。それでも、もとの場所へ戻っては、ケンヤは地蔵を倒し、小便をするのだった。

「ごめんなさい、ごめんなさいって言いながら、俺は何回も同じことをするんだ。もうしません。許して下さいって言いながら……」

そう言うケンヤの目から涙が溢《あふ》れる。その時の恐怖を思い出し、身体が震える。それは、桜大にも伝わるほどだった。桜大は、鳥肌の立った自分の身体をさすった。ベッドの脇《わき》に座ったセンセイは、ケンヤの頭を撫でながら言った。

「そうか。それは怖かったのぉ」

センセイの温かい手と言葉は、ケンヤの心と身体に染み渡り、ケンヤは涙をさらに溢れさせてしゃくり上げた。

「で、でもっ……でもなっ……」

ケンヤは言葉をつまらせながら、懸命に話した。

「逃げてたら……真っ暗な森を逃げてたら……、こっちだ！　って。こっちへ来い！　って……」

暗い森の先に明るい場所があり、そこからケンヤを呼ぶ者がいた。

『ケンヤ！　こっちや!!』

『こっちへ来るんや、ケンヤ!!』

それは、センセイと桜大だった。

「わしらだったんか!?　ほぉお」

センセイと桜大は、顔を見合わせた。

「センセイと桜大の方へ走って……明るいところへ出たら……夢から覚めた……」

ケンヤは、意識を取り戻した。泡を吹いて倒れてから、二週間がたっていた。

「そうか……」

センセイは、深く頷《うなず》いた。それから、桜大を抱き寄せて言った。

「ケンヤ。わしと桜大な、あの七つ地蔵をちゃんと祀《まつ》って、毎日お参りしてたんや。

お前を許してやって下さいとな」

ケンヤの両目が、大きく見開かれた。この時ケンヤの中で、なぜ悪夢の中にセンセイと桜大が現れたのかが結びついたのだ。それは、ケンヤを心底驚かせた。

「あそこには神様がいらっしゃると信じて、その神様に、お前を許してやって下さい、命を助けて下さいって、祈り続けたんで。神様は、わしらの願いを聞き入れて下すったんや」

センセイの言葉が理解できる。言葉の一つ一つが、心にまっすぐ入ってくる。

「もう、わかってるな、ケンヤ。神様はお前を許して下すった。お前も神様に謝ろうな」

「……うん」

「確かに町に比べたら、黒沼村は何にもない田舎《いなか》に過ぎんけど、うまい水や食い物や、綺麗《きれい》な空気や、たくさんの不思議がある。それを受け入れることは、お前にとってすごくいいことやと、俺は思うんや。お前はすぐに、いろんな素敵なもんでいっぱいになるで」

何もかも見透《みす》かしたように、センセイは言う。

「お前は、もう寂《さび》しない。お母さんがおる。俺もおる。村中の大人が、お前を見守る。お前さえその気になれば、桜大もアツシも、みんながお前の友だちや。その方がええやろ？　ええに決まっとる。なあ」

「……うん……うん！」

ケンヤは、センセイに両腕を伸ばしてきた。センセイはケンヤを抱き締めた。ケンヤはセンセイの胸の中で、大声で泣き出した。部屋の隅で、母親も泣いていた。

（そうか……。ケンヤは、寂しかったんや）

寂しいのに寂しくないと、ケンヤは周りにも、自分にもそう言い張っていたのだと、桜大はようやく理解できた。


帰り道。桜大はセンセイに訊《たず》ねた。

「センセイは、なんでわしやケンヤのことがわかるん？　それも魔法なん？」

桜大の心もケンヤの心も見透かし、すべてわかっている風にセンセイは話す。桜大は、それが不思議でならなかった。しかし、センセイは運転しながら大笑いした。

「大人《おとな》なめたらあかんで、桜大。大人から見りゃあ、お前やケンヤなんぞ、わかりやすいもんじゃ。ガキのやることやもん。たかが知れとるで」

何か神秘的な答えを期待していた桜大は、しかも大笑いされて、ムッとした。

「しかしの、お前の時もそうやったが、いかに単純な話でも、本人にとっては真剣で深刻なんで。単純な話やからこそ、大人がそれを取り間違うと、こじれるんじゃ。子どもの心は、歯止めがきかんからの」

ケンヤを見ているとまさにそうだと、桜大は頷いた。ケンヤの周りの大人は、ケンヤのことを「取り間違えた」のだ。どんな大人も、いつも正しいことをしてくれるわけではない。たとえ、黒沼村の大人たちでも。

「わし、センセイがいてくれて良かった」

「そうか？　はははは！」

センセイは、また大声で笑った。

ケンヤはみるみる元気になり、村に戻ってきた。

すっかり痩《や》せたケンヤは、身体だけでなく心も変わっていた。

「意地悪とかして、ごめんな」

と、皆に謝った。アッシはじめ、子どもたちは皆その変化に仰天《ぎょうてん》したが、嬉しいことなので歓迎した。ケンヤは少しバツが悪かったが、桜大がいつも傍《そば》にいてくれたので、とても心強かった。

ケンヤが村に戻ってきた日の午後。センセイは、桜大とケンヤを七つ地蔵へ連れて行った。ケンヤは、少し怖かった。

夢で繰り返し見た場所に立つ。しかし、そこは明るく、花が咲き乱れ、蝶《ちょう》や蜂《はち》が飛び交っていた。七つの石には、それぞれ可愛い赤い前掛けがかけられ、花が供《そな》えられていた。湧き水の脇には、これも小さな可愛い社《やしろ》が据えられており、そこにも花が供えられていた。それは、なんだかとても美しく温かい風景で、ケンヤは、強《こわ》ばっていた心が氷のように溶けていく気がした。

「可愛《かわい》いろう？　前掛けは、桜大のおばぁが作ってくれたんや。小さい社は、俺が作った。子どもらぁが、ここへ来る度に花を供えるようやな。感心、感心」

ケンヤはセンセイに指示され、七つ地蔵と湧き水の前に清酒を注ぎ、柏餅《かしわもち》を供えた。

った。

「さあ、みんなでお礼を言おか」

皆で手を合わせ、頭を下げる。

ケンヤの頭が、自然と深く、深く垂れた。心が広がるような感じがして、不思議だった。

父親がケンヤに無関心で、それが原因で両親は離婚した。ケンヤは、その何もかもが受け入れられなかった。受け入れたら負けだと思っていた。母親が悲しむのも、教師や生徒たちの困惑も、受け入れたら負けだと思っていた。黒沼村に来たのも、センセイが「話せばわかる」と言ったのも、桜大が「仲良くしたい」と言ったのも、受け入れたら負けだと思っていた。

いったい何を、そんなにまで負けたくないと思っていたのかわからない。だが、そんな心が神を怒らせたのだと感じる。

「神様を……信じる……。信じます」

ケンヤは、そう声に出していた。清々《すがすが》しい気持ちだった。センセイと桜大は神の存在を信じて、ケンヤのために祈ってくれた。センセイと桜大が信じたものを、今、自分も信じることができる。

「気持ちいい……。俺、今すごく気持ちいいよ、センセイ、桜大……」

太陽の光を浴び、手を合わせ、うっとりと天を仰いでいるケンヤの姿は、まるで内側から輝いているようで、桜大はぽかんとした。

「法悦《ほうえつ》というやつやな」

センセイは感心して笑った。

それから三人は、供物《くもつ》の柏餅のお下がりをいただいた。餡《あん》はこのうえなく甘く、湧き水もこのうえなくうまく、ケンヤは震えるようだった。

「あー……っ、うまい……！」

「桜大のおばぁは、まったく菓子作りの名人じゃなぁ」

と、センセイが言うと、ケンヤは仰天したように言った。

「えっ、これ、桜大のばあちゃんが作ったのか？」

「え？　うん」

「うそ……。俺、店で売ってるやつかと思った。お餅《もち》って、家で作れるんだ!?　こんなにうまく作れるんだ!?」

ケンヤの驚きように、センセイも桜大も笑った。

「桜大のおばぁは、季節ごとにいろんなお菓子を作ってくれるで。蓬餅《よもぎもち》、柏餅、とち餅、栗饅頭《くりまんじゅう》、土筆《つくし》の花粉を使った土筆団子もあったな。綺麗な緑色してたのぉ。森や山で採れるもんは自分で採ってきて作るから、まさに旬《しゅん》の菓子やなぁ」

「材料も自分で採ってくるのかっ⁉　桜大、お前のばあちゃんって、すげえ！」

「村の人らは、みんなそうしてるで」

「味噌も酒も薬も、家で作るんで」

「えっ、そうなのかっ⁉　すげえ‼」

ケンヤがいちいち驚くので、桜大は可笑《おか》しくて大笑いした。

「味噌とか酒とか、普通の家で作れるんだ。そんなの考えたこともなかったよ。材料を山から採ってきて作るっていうのもすげえ！　俺も作ってみたい！」

ケンヤは、目を輝かせて言った。

「そんなにすごいことかの？」

桜大は、ちょっと照れくさくなってセンセイの方を見た。センセイは、にこにこ笑っていた。

「お前は、ずっとそういう生活をしてきたからあまりそう感じんのやろうけど、すごいことで。ケンヤの意見は、ためになるのぉ」
桜大は、ハッとした。
『別の場所から見てみること。これは、大事なことなんで』
センセイが言った言葉が、心に閃《ひらめ》いた。
（そうなんや……。こういうことなんや……）
桜大は、胸がスーッとした。

芯

空も山も森も、初夏に塗り替えられる。田んぼに水が張られ、蛙《かえる》が鳴き始める。夜の川辺には、蛍《ほたる》が乱舞した。そのすべてを「美しい」と、ケンヤは言う。生き返った時のセンセイと同じように。
本当に「一度死んで生まれ変わったんでねぇか？」と、誰もが言うほど、ケンヤは黒沼村の生活に馴染《なじ》み始めた。子どもたちと遊ぶのはもちろん、大人たちの手伝いもよくした。畑仕事や野良《のら》仕事、牛や鶏《とり》の世話など、積極的にやりたがった。それは、今までのお詫《わ》びではなく（もちろん、ケンヤは村中の大人に、これまでのことを詫びて回ったが）、ケンヤがやりたくてやっているようだった。母親も農協での仕事が決まり、母子は、本格的に黒沼村に腰を落ち着けることになったのだ。タケイやんも一安心した。

いったいなぜ、こんなにも劇的にケンヤは変わったのだろうと、桜大は不思議だった。黒沼の森の神秘に触れ、神の存在を信じたのはわかるが、それでもこれほど人は変わることができるのだろうかと。

「根源に触れたからやろうな」

と、センセイは言った。

「こんげん？」

「人生とか、命とか、人間とか、そういうものの深い深い、一番芯《しん》の部分。俺の場合は、命の在《あ》り方やった。ケンヤは、祈りと信心やろう。そういうものの、一番大事というか、基本というか、普通はなかなか感じられんほど奥の部分を体験したら、そりゃ人生ひっくり返るで。世界は、ホンマはこうやったんやあああ！　って感じやな」

センセイは、煙草の煙を吐《は》きながら笑った。

「そういうのを体験してしもうたらな、人間もう抵抗できんのや。ハイ、心を入れ替えさせていただきますと、背筋伸ばすしかないんで」

桜大は、首を捻った。

「そういうんって、センセイやケンヤみたいに、大変な思いをせんとわからんもんなん？　もっと簡単にわからんもんなん？」

「そこがなぁ〜、人間の哀《かな》しいとこやなぁ〜」

センセイはしみじみと、溜息をつくように言った。


田植えの日。アキコやコウスケもそうだが、ケンヤは、それはそれは楽しそうに、ずっと田んぼの中にいた。小さな子どもの足についた蛭《ひる》を優しく取ってやっている姿は、桜大をはじめ、村人たちを感心、感動させた。「ああ、本当に、ケンヤは黒沼村の子どもになったのだ」と思った。

畦道《あぜみち》に足を投げ出して座り、ケンヤのお母の握った握り飯をむしゃむしゃと頬張《ほおば》りながら、ケンヤは桜大やセンセイに言った。

「黒沼村の米って、ホントうまいよな。おにぎりにした時、一番良くわかるな」

桜大もセンセイも、そして桜大のおじぃも感心した。

「なかなか言うのぉ」

「まったくのぉ」

センセイとおじぃは、嬉しそうに煙草を吹かした。

ケンヤは桜大に、そしてお母の方をチラリと見ながら言った。

「俺さぁ、ここで農業やりたいと思うんだ」

「……へぇ」

「米と野菜を作りたいなあ。あ、あと、鶏も飼いたい。産みたての卵、サイッコーにうまいよな」

やりたいことができたケンヤは、嬉しくて楽しくて仕方がないといった風だった。

「だからさ、俺、高校は農業高校へ行こうと思ってんだ。農業のこと全然知らないから、ちゃんと勉強しようと思って」

　桜大は、ハッとした。高校のことは、自分の中でまだ答えが出ていないことに気づいた。そんな桜大に、ケンヤは言った。

「桜大も、農業高校に行くんだろ？」

「……………」

「一緒に勉強して、一緒に農業やろうぜ！」

　そう言われた瞬間、桜大は頷《うなず》いていた。

「うん」

　言葉が、先に出た感じだった。センセイとおじぃが、顔を見合わせて笑う。

　桜大の心は、決まっていた。変わっていなかった。

　だが、今の桜大は、昔とは違う気持ちで進学したいと思っている。

　故郷を外から見てみたい。

　ケンヤのような、新鮮な気持ちになりたい。

　センセイが言った。

『お前が信じ続けるなら、どこへ行こうが、お前はお前や。心配なんぞいらん』

その言葉を胸に、だが、ケンヤのように変われるものなら変わりたいと思いつつ、桜大は未来の自分を夢見た。

黒沼村の山と森を背に、おじいやケンヤたちと畑仕事をする。鶏や牛を飼う。祭りに参加し、歌い、踊り、神輿《みこし》を担《かつ》ぐ。山や森で木の実や山菜を採り、湧き水を飲み、そっと手を合わせる。そして、川で釣った魚を手にセンセイの家へ行く。

『お、ちょうどいい酒があるで。やるか』

と、センセイと酒を呑む。そこへソラヤが来て、またいろんな面白い話を聞かせてくれる。

「何ニヤニヤ笑うとるんや、桜大。気持ち悪いで」

センセイにそう言われ、頭をわしわし掻き回され、桜大はますますニヤニヤしてしまった。

「えへへ。なんでもない。えへへへへ」

「桜大ーっ、田植えの続きやるぜー」

ケンヤが、田んぼの中から桜大を呼んだ。

「おーう！」

元気よく返事をした桜大の声が、青空へ舞い上がってゆく。

まるでそれが目に見えているように、センセイが空を見上げた。

黒沼村の空は、村中の田んぼから上がる子どもたちの歓声でいっぱいだった。

あとがき

香月日輪

『桜大の不思議の森』は、もともとｗｅｂに上げていた、五歳の少年桃吾が主人公の『桃吾の森　四季うつり』というＳＳ《ショートストーリー》の連作だった。

徳間書店の担当さんと話した時に、これをベースにして、一つの物語にしたらどうかということになり、取り組んだ次第だ。ベースがあるので、執筆はとても楽だった。中に差し込む「不思議エピソード」を増やし、その間を、黒沼村や桜大らの生活の様子を描くことでつなぐ。桃吾ではなく、桜大を主人公にしたのは、桃吾では年齢が低すぎたからだ。

実は、『桃吾の森〜』には、桜大は出てこない。桃吾と兄弟でもない。桃吾では、年齢が低すぎるとなった時、「そうだ。桜大を出そう」と思った。というのも、『桃吾の森〜』の前に『黒沼』という短編があり、ここの主人公が、六歳の桜大で、『黒沼』と『桃吾の森～』は、舞台が同じなのだ。

「成長した桜大を主人公にしよう。桃吾とは兄弟にしよう！」

と、思いついた。

「桃吾の年齢を上げれば良かったのでは？」とも考えられるが、この作品の主人公は、「黒沼」の不思議を体験した桜大の方がふさわしいと思ったのだ。

「黒沼」で、桜大が体験した不思議の詳細は、新潮文庫から出版済みの『黒沼　香月日輪のこわい話』をお読み下さいまし。


作品の中に鏤《ちりば》めた「不思議エピソード」の中の、『神罰下った』は、私の地元で起きた実話である。神様が、大変わかりやすく自己主張した珍しい例で、話を聞いた時は大喜びした。素晴らしいと思った。心の底から、

「わかりやすい神罰を、もっと下そうよ、神様」

と願ったものだ。

人は、「畏《おそ》れ、敬《うやま》う心」を、決して忘れてはならない。それを忘れたら、人間は滅びる。日本は、今、滅びかけているようで恐ろしい。

政治家と、日本のライフラインを握っているトップあたりに、これが神の力だ！　みたいな神罰が下らないかな～。

『桜大の不思議の森』の舞台は、かなり昔の、どこかの田舎《いなか》。

都会しか知らない人でも、日本人なら誰でも持っている「原風景」がある場所。

空気が澄んでいて、水と緑が美しくて、時間がゆっくり流れる。豊富な情報も便利なツールもないけれど、暮らしてゆくにはさほど苦にならない。隣近所で助け合えば、たいがいのことはなんとかなる……。

私たちは、今さらもうこういう時代へは帰れない。

それでも、２０１１・３・11を経験した今、私たちの生活のすべてを、日本の在《あ》り方すべてを見直す時なのではないだろうか。というか、チャンスなのではないだろうか。もう少しおおらかに暮らす方向へ。もう少し、時間がゆったりと流れるような生き方へ。

日本は、このチャンスを活《い》かすことができるだろうか？

本書は２０１２年10月徳間文庫として刊行されたものの新装版です。なお、本作品はフィクションであり実在の個人・団体などとは一切関係がありません。

徳間文庫

桜大《おうた》の不思議《ふしぎ》の森《もり》

〈新装版〉

2021年1月15日　初刷

著者　香月《こうづき》日輪《ひのわ》

発行者　小宮英行

発行所　株式会社徳間書店

東京都品川区上大崎三―一―一　〒141―8202
目黒セントラルスクエア

電話　編集〇三(五四〇三)四三四九
販売〇四九(二九三)五五二一

振替　〇〇一四〇―〇―四四三九二

印刷
製本　大日本印刷株式会社

ISBN978-4-19-894616-6　(乱丁、落丁本はお取りかえいたします)